इस पार से उस पार

(बाल उपन्यास)

लेखिका

आशा शैली

डायमंड बुक्स

www.diamondbook.in

प्रकाशक : डायमंड पॉकेट बुक्स प्रा. लि.
X-30, ओखला इंडस्ट्रियल एरिया, फैज-II
नई दिल्ली-110020
फोन : 011-40712200
ई-मेल : sales@dpb.in
वेबसाइट : www.diamondbook.in

IS PAAR SE US PAAR
By : Aasha Shaili

❀ ❀ ❀

"रमण! इस बार हिमाचल चलें तो...कैसा रहेगा?" राजन ने चाय का आखिरी घूँट भर कर खाली कप मेज पर रखते हुए अपने मित्र की ओर देखा। फिर उसके उत्तर की प्रतीक्षा में दोनों हाथ सिर के पीछे ले जाकर पीठ सोफे की बैक से टिका दी।

"इस बार क्या?" रमण ने चाय गटकते हुए जवाब दिया, "मैं तुम्हारी तरह मास्टर थोड़े न हूँ यार! वकील हूँ वकील। मुझे छुट्टी कहाँ से मिलेगी?" रमण ने बुरा-सा मुँह बनाया।

"देखो रमण! अभी हमारे दोनों के बच्चे छोटे हैं तो हम कहीं घूम-फिर सकते हैं और बच्चों को भी घुमा सकते हैं। बड़े होने पर उन पर पढ़ाई का दबाव बढ़ेगा और हम पर खर्चे का। इसके साथ ही उन्हें भी छुट्टियों की मुश्किल पड़ेगी, इसलिए अभी एक-दो साल और घूम लेते हैं।" राजन ने मित्र को समझाने की कोशिश की,

"तुम्हारी टीम में बहुत-से वकील हैं। सब हो जाएगा, वैसे भी तुम जानते हो हम, तुम लोगों के बिना कहीं जाने वाले नहीं हैं। अकेले जाकर बोर नहीं होना है हमें और मैं तुम्हें छोड़ने वाला भी नहीं हूँ। इसलिए सीधे-से तैयारी कर लो।" राजन ने अपना फैसला सुना दिया था।

"क्या हुआ भाई साहब?" रमण के लटके हुए चेहरे को भीतर आती राजन की पत्नी उर्मिला ने देखा तो हँसते हुए पूछ लिया। उसके साथ उसकी बारह साल की बेटी वंदना भी थी।

"कुछ नहीं भाभी। बिना मतलब भेजा चाट रहा है बेवकूफ।" रमण

खिसियाकर बोला। उसे डर था कि वंदना के कान में बात पड़ने का मतलब है सभी बच्चों को सूचना होना और फिर जहाँ सारे बच्चे एक हो गए तो निस्तार कठिन है। पर वंदना को तो पहले ही पता था। सारी योजना पाँचों बच्चों को पता चल चुकी थी।

रमण की सबसे बड़ी बेटी श्रेया! 11 साल की थी। सृजन 8 साल का और अमृता पाँच साल की सबसे छोटी। राजन का बेटा दस साल का स्मित और वंदना बारह साल की। सभी बच्चे होशियार और तीव्र बुद्धि थे। राजन की पत्नी उर्मिला और रमण की पत्नी कनु में भी खूब पटती थी। आमने-सामने के फ्लैट मित्रता को और भी गहरा करते। ऐसे में जो निर्णय एक परिवार ने ले लिया तो दूसरे को मानना आवश्यक नहीं परम आवश्यक होता। परन्तु पेशे से वकील रमण को इस परामर्श समिति में बैठने का समय कम ही मिलता था। हाँ राजन लैक्चरर होने के नाते काफी समय निकाल लेता और दोनों महिलाओं और बच्चों का अधिकतर समय उसके साथ आराम से कट जाता। ऐसे में घूमने-फिरने के फैसले भी यही लोग करते और रमण को इनका साथ देना विवशता हो जाती।

बच्चों की छुट्टियाँ होने वाली ही थीं। ऐसे में कोई योजना तो बननी ही थी, पर रमण को इसका ध्यान ही नहीं था। इधर गर्मी भी खूब पड़ने लगी थी। रमण ने सोचा, बच्चे गाँव चले जाते तो क्या फर्क पड़ने वाला था, यही सोचकर वह कुछ कहने ही वाला था कि वंदना उसकी कुर्सी के पास आकर चहकी,

"मैं बताऊँ चाचू? इस बार हम लोग घूमने हिमाचल जा रहे हैं।"

"मर गए।" रमण ने दोनों हाथों में सिर पकड़ लिया।

"अब बोल।" राजन ने उसे छेड़ते हुए कहा।

"तो सब तय कर ही लिया मास्टर.....!"

"अबे!....तुम बाज नहीं आओगे न। अच्छे-खासे लेक्चरर को मास्टर बना के रख दिया।" राजन ने उसे आँख दिखाई।

"ये लो पापा।" वंदना ने तुरन्त एक कुर्सी पर से गद्दी उठाकर राजन की ओर बढ़ाई।

"अरे बाप रे! चाय इसलिए पिलाई थी क्या?" रमण ने बनावटी भय दिखाया। तो सब के सब खिलखिलाकर हँस दिए।

"भाई साहब! आप छुट्टियों का प्रबंध कीजिए। बाकी सारा प्रबंध हो गया है।" उर्मिला ने हँसते हुए कहा।

"भाभी! यह तो सरासर ब्लैकमेलिंग है। आप सब के सब एक तरफ हो जाते हैं तो बेचारा एक वकील अपना पक्ष भी नहीं रख सकता। ऐसा फैसला तो मैंने किसी भी कोर्ट में नहीं देखा कि प्रतिवादी को सफाई का मौका भी न दिया जाए।" रमण ने चिरौरी की।

"प्रस्ताव बहुमत से पास हो चुका है चाचू जी। आप के पास मात्र एक वोट है और हमारे पास सात। इसलिए आपकी नहीं चलेगी। आपको तो यह बताना है कि आप कितनी छुट्टी ले सकते हैं और कब ले सकते हैं। ताकि यात्रा का प्रबंध किया जाए।" वंदना ने मूँछों पर ताव देने की मुद्रा प्रदशित की।

"अच्छा मेरी माँ, कल बताता हूँ।" रमण ने वंदना के सामने दोनों हाथ जोड़ दिए तो सब के सब एक बार फिर हँस पड़े। इसके साथ ही सभा विसर्जित हो गई।

•••

वैसे तो रमण और राजन एक ही गाँव से थे पर संयोग से दोनों की दिल्ली में ही नौकरी भी लग गई। तब कोशिश करके दोनों ने एक ही अपार्टमेंट में फ्लैट ले लिए। एक साथ ही एप्लाई किया था सो संयोग से ही आमने-सामने के फ्लैट मिल गए। दोनों परिवारों में पटती भी खूब थी। बच्चे भी सगे बहन-भाइयों की तरह एक दूसरे को प्यार करते थे। ऐसे में कहीं भी एक परिवार अकेले नहीं जाता। सैर को जा रहे हैं तो सब साथ। बाजार जा रहे हैं तो साथ। बाहर खाना खाएँगे तो साथ। हाँ रिश्तेदारियों की बात अलग है।

अब यह तो तय हो ही गया था कि इन छुट्टियों में हिमाचल जाना है, तो जाना है। उसी हिसाब से कार्यक्रम को आगे बढ़ाना था।

दूसरे दिन रविवार था। दोनों मित्रों को छुट्टी थी। जाना तय था तो कार्यक्रम की रूपरेखा भी तो बनानी थी। आज की बैठक रमण के फ्लैट

पर हो रही थी। आज दोनों स्त्रियाँ भी उपस्थित थीं पर बच्चों में सिर्फ वंदना थी। बाकी सब अपने खेलों में मस्त थे या उन्हें भगा दिया गया था। दोनों मित्रों का विचार था कि टाटा-सूमो यहीं से लेकर चलें परन्तु कनु और उर्मिला का विचार था कि शिमला तक छोटी ट्रेन का सफर किया जाए क्योंकि आगे तो यह सुविधा है ही नहीं। पर हिमाचल तो बहुत बड़ा है, फिर जाना कहाँ-कहाँ है पहले यह भी तो तय कर लें। बहुत सोच-विचार के बाद तय हुआ कि एक तरफ से जाकर दूसरी ओर से वापस लौटा जाए तो बहुत सारा हिमाचल देख लेंगे। यानी या तो पहले शिमला जाएँ और चिन्तपुरनी-ज्वाला जी होते हुए चण्डीगढ़ से वापस दिल्ली। या रोपड़ से मण्डी-कुल्लू बिलासपुर, फिर बिलासपुर से तत्तापानी करसोग होकर रामपुर को निकलें, वहाँ से किन्नौर होकर वापस शिमला और शिमला से चण्डीगढ़ अम्बाला होते हुए वापस दिल्ली।

रमण की पत्नी कनू के कुछ रिश्तेदार कुल्लू-मनाली में भी रहते थे इसलिए तय हुआ कि उनकी राय लेने से यात्रा ज्यादा अच्छी रहेगी। बस्स! हो गए शुरू सबको फोन लगने। पर सब के अपने-अपने परामर्श थे। बहुत सोच-विचार के बाद अंत में तय हुआ कि पहले शिमला की तरफ चला जाए।

अब दोनों मित्रों ने रेल की सीटें बुक कराईं और आगे शिमला से टैक्सी यूनियन के माध्यम से टाटा-सूमो तय करली गई। राजन के एक मित्र शिमला लोकनिर्माण विभाग में थे। उनसे परामर्श लिया गया तो पता चला कि हिमाचल में सरकारी विश्रमागृह बहुत उपयुक्त रहेंगे, इसीलिए उनकी मदद से जगह-जगह सरकारी विश्रामगृहों में आरक्षण करवा लिया गया ताकि यात्रा का पूरा-पूरा आनन्द लिया जा सके।

सब की अपनी-अपनी तैयारियाँ शुरू हो गईं। दोनों घरों में अलग-अलग पकवान बनने लगे। अजवायन डालकर नमकीन और गुड़ डालकर मीठी मठरियाँ बना ली गईं जो बहुत दिन तक खराब नहीं होतीं। बच्चों का साथ है और बच्चे कुछ न कुछ खाने को माँगते ही रहते हैं। ऐसे में ये मठरियाँ बहुत काम आने वाली थीं।

●●●

नियत समय पर नई दिल्ली रेलवे स्टेशन से सुबह सात बजे चलने वाली शताब्दि एक्सप्रेस में सवार होकर दोनों परिवार 11 बजे कालका के छोटे से रेलवे स्टेशन पर उतरे तो सबसे पहले वंदना का ही मुँह खुला,

"पापा! इतना छोटा-सा स्टेशन? बस्स! यह कोई गाँव है क्या?"

"नहीं बेटा, यह गाँव तो नहीं, छोटा-सा शहर ही है। बस यहाँ स्टेशन से बाहर निकलते ही हिमाचल शुरू हो जाएगा। समझ लो मैदान का आखिरी स्टेशन है।" राजन ने सामान समेटते हुए उत्तर दिया।

इतने में सृजन बोल पड़ा, "शिमला आ गए क्या हम?"

"अरे बुद्धू! वो देख, बोर्ड पर कालका लिखा है कि नहीं। शिमला कहाँ आ गए अभी से? शाम को पहुँचेंगे वहाँ शाम को।" अब श्रेया बोल पड़ी।

"अच्छा।" सृजन की बेबसी देखने लायक थी। तभी रमण ने घुड़कने वाले अन्दाज में कहा, "अभी गप्पें लगाने का समय नहीं है। नहीं तो ट्रेन छूट जाएगी। चलो-चलो। जल्दी पैर बढ़ाओ।"

अब तक सारा सामान कुली ठेलागाड़ी पर रख चुके थे। कनु ने पीछे पलटते हुए आवाज लगाई, "देखो, इधर-उधर मत हो जाना। नहीं तो कहाँ ढूँढ़ेंगे सब को।" इस पर वंदना और श्रेया दोनों ही हँसने लगीं, "देखो मम्मी को।" श्रेया मुँह पर हाथ रखते हुए बोली, "इतने छोटे-से स्टेशन पर हम खो जाएँगे? है न वंदू दी?"

"चल चल। आगे बढ़, बात मत बना।" वंदना ने बड़प्पन दिखाया और सभी चुपचाप चलने लगे।

मोड़ घूमते ही कई ट्रेनों की छोटी-छोटी बोगियाँ पटरियों पर खड़ी दिखाई दीं तो अमृता ताली बजाकर नाचे लगी, "छोटी-सी रेल, छोटी-सी रेल। वाह जी वाह!"

पीछे से लपक कर आती कनू ने अमृता का हाथ पकड़कर खींचते हुए कहा, "जल्दी चलो। बातें गाड़ी में बैठकर कर लेना।" अब तक सब लोग गाड़ी के पास पहुँच ही चुके थे, रमण ने कम्पार्टमेंट का नम्बर देखकर सबको गाड़ी में चढ़ने का संकेत किया तो एक कुली बोला,

"साहब! आप लोग इधर से चढ़ें हम दूसरे दरवाजे से सामान रखते हैं। आराम से चढ़िए अभी भतेरा टेम है।"

सभी बच्चे खिड़की के पास बैठने की जिद करने लगे तो उर्मिला ने सब की बारी लगा दी। जल्दी ही सब ने अपनी-अपनी जगह ले ली। समय पर गाड़ी चल पड़ी। थोड़ी ही देर में बच्चों को लगने लगा कि गाड़ी तो बहुत धीरे चल रही है। तब बड़ों ने उन्हें समझाया कि तुम्हें यही दिखाने के लिए तो इस छोटी रेल का सफर कर रहे हैं। पहाड़ है, इतनी सीधी जगह से रेल पहाड़ के ऊपर पहुँचेगी तो गति तो कम होगी ही।

खिड़की के पास बैठे गम्भीर स्वभाव के स्मित ने बाहर जंगली फूलों को देखते हुए प्रश्न किया, "पापा! ये किस तरह के फूल हैं, ऐसे तो हमने दिल्ली में कभी देखे ही नहीं?"

"हाँ बेटा, ये जंगली फूल हैं न। अभी तुम बहुत छोटे भी हो और कभी पहाड़ पर भी नहीं गए। इसलिए ये तुम कहाँ से देखते?"

"सही कहा न, ये फूल दिल्ली में कहाँ से हो सकते हैं?" पहाड़ तो शुरू हो गया है।" रमण ने बात काटते हुए कहा।

"वही तो कह रहा हूँ यार। तुम बेमतलब तो टाँग मत अड़ाओ।"

"देखो मम्मी। यहाँ जमीन कैसी दीवार की तरह ऊपर को जा रही है।" श्रेया चहकी।

"हाँ बेटा, इसी को पहाड़ कहते हैं। इस बार तुम सबको पहाड़ का पूरा परिचय हो जाएगा।" कनू ने जवाब दिया। तभी खिड़की से झाँकते हुए अमृता ताली बजाकर नाचने लगी,

"नीचे भी पटरी, देखो-देखो नीचे पटरी।"

"हाँ बेटा, हम इसी नीचे वाली पटरी से चढ़कर ऊपर आए हैं।" राजन ने फिर समझाया, "वो देखो। वहाँ से पटरी गोल घूमी है न? बस अब शिमला तक इसी तरह घूमते हुए ऊपर जाकर शिमला तक पहुँच जाएँगे।"

"यह तो कोई बड़ा-सा शहर दिखाई दे रहा है।" उर्मिला ने बाहर झाँकते हुए कहा।

"लगभग ऐसा ही समझो। यह हिमाचल की औद्योगिक नगरी परवाणु है। यहाँ बहुत सी फैक्ट्रियाँ हैं, पर तुम देख रही हो, धुआँ नहीं दिखाई दे रहा।"

"हाँ, और यहाँ रहने के लिए भी अच्छे मकान बने हैं, योजना बनाकर सैक्टर बनाए गए हैं। बहुत से ऊँचे पहाड़ों के रहने वालों ने यहाँ कोठियाँ बनाई हैं।" रमण ने बताया। इतने में ही गाड़ी में पूरी तरह अंधेरा हो गया तो छोटे बच्चे घबरा गए।

"ये क्या हुआ मम्मी? इनकी भी लाइट चली गई।" सबसे छोटी अमृता घबराकर माँ से चिपक गई तो राजन हँसते हुए बोले,

"इनकी लाइट नहीं गई बेटा। गाड़ी सुरंग में से गुजर रही है। अभी बाहर निकल जाएगी तो फिर से उजाला हो जाएगा।"

"कैसी सुरंग पापा?" स्मित ने पूछा, "सुरंग क्या होती है?"

"बेटा, अभी तक हमारी ट्रेन पहाड़ पर चल रही थी, अब पहाड़ के अंदर से निकल रही है। ट्रेन के ऊपर भी पहाड़ है और नीचे भी, दायें भी और बायें भी। यानी चारों तरफ पहाड़।"

"कैसे पापा?"

"जब गाड़ी की पटरी बिछाने के लिए कोई रास्ता नजर नहीं आता तो इंजीनियर वहाँ पहाड़ को काटकर ट्रेन को उसके भीतर से दूसरी ओर निकालने के लिए रास्ता बनाते हैं। इसी रास्ते को सुरंग कहा जाता है।"

"पर पापा! पहाड़ तो सीधे दीवार की तरह हैं, यहाँ रेल की पटरी कैसे बिछाई होगी?" वंदना ने प्रश्न किया।

"इसके लिए पहले पहाड़ को काटना पड़ता है, जगह समतल करनी पड़ती है। तब जाकर पटरी बिछ पाती है।"

"पर बच्चो! उसके लिए पहले सर्वे किया जाता है, कि किधर से कैसे बिछेगी पटरी?" अब रमण ने भी बातचीत में हिस्सा लेना शुरू कर दिया।

"पर यह तो बड़ा मुश्किल काम है न अंकल और यह तो बहुत पुरानी रेल लाइन लगती है?" वंदना का अगला सवाल था।

"हाँ बेटा। अंग्रेजों के समय की है। कालका से शिमला तक रेल

लाइन बिछाने के लिए बड़े-बड़े अंग्रेज इंजीनियर भी हार गए थे।" एक सहयात्री ने कहा, "मैं अक्सर आता रहता हूँ यहाँ, अपनी नौकरी के सिलसिले में। रेलवे में ही हूँ।"

"तब....कैसे बनी यह लाइन?" श्रेया बोली।

"उस समय एक भारतीय मजदूर था, जो सड़क पर खुदाई का काम करता था। उसका नाम भलकू राम था। एकदम अनपढ़। उसने अंग्रेजों को बताया कि इस तरह से लाइन बनाओ तो काम सही होगा।"

"सच्ची...? और अंग्रेजों ने मान भी लिया?"

"हाँ बेटा, बाद में इसी भलकू राम के नाम पर रेलवे स्टेशन पर एक संग्रहालय भी बनाया गया है, जिस संग्रहालय का नामकरण भी उसी के नाम पर किया गया है।"

"यह जानकारी तो आपको नेट पर भी मिल सकती है।" अब एक और सहयात्री ने भी बातचीत में रुचि दिखाई।

"अरे वाह! यह तो बहुत बढ़िया बात बताई आपने। कल हम पहले यही संग्रहालय देखेंगे। धन्यवाद भाई साहब।" अब उर्मिला बोल पड़ी। उसने इस सहयात्री को धन्यवाद दिया।

"हाँ, रात को तो हम रेलवे के गेस्ट हाउस में ही रुकने वाले हैं। पर एक बात दोनों महिलाएँ ध्यान से सुन लें कि अगर ज्यादा से ज्यादा घूमना है तो जल्दी उठकर बच्चों को भी जल्दी ही तैयार करना पड़ेगा। हमारे पास सीमित समय है और कोई जगह नहीं देख पाए तो फिर मत कहना।"

गाड़ी में फिर से उजाला हो गया तो बच्चे फिर शोर मचाने लगे। तभी छोटा-सा स्टेशन आया और गाड़ी बस जरा देर को रुककर आगे बढ़ने लगी। सब लोग खिड़कियों से बाहर के नजारों का आनन्द ले रहे थे कि एक बार फिर गाड़ी सुंरग में प्रवेश कर गई। अबकी बार वंदना से चुप नहीं रहा गया,

"फिर से सुरंग।"

"हाँ बेटा, अभी और भी सुरंगें हैं। पूरे रास्ते तक गाड़ी सुरंगों से गुजरती रहती है।" राजन ने उत्तर दिया। अब बच्चे अंधेरे से घबराकर चुप हो गए। थोड़ी ही देर बाद सुरंग समाप्त हो गई तो गाड़ी में फिर

से उजाला हो गया और साथ ही बच्चों की जिज्ञासा भी शुरू हो गई।

"अंकल, आपको पता है, इस रास्ते में कुल कितनी सुरंगें हैं?" श्रेया से ज्यादा देर तक चुप नहीं रहा गया।

"हाँ बेटा। इसे नहीं पता होगा तो और किसे पता होगा, मास्टर ठहरा। बच्चों को यही सब तो पढ़ाता रहता है।" रमण ने राजन को छेड़ते हुए कहा तो राजन बनावटी गुस्सा दिखाते हुए सीट पर से उठ खड़ा हुआ।

"अरे नहीं.....नहीं प्रोफेसर साहब। अब यहाँ तो और लोगों के सामने मत मार यार।" बाकी सहयात्री भी जो उनकी बातों में रस ले रहे थे, सहज ही मुस्कुराने लगे और राजन बैठकर फिर से बच्चों को शिमला के रास्ते के बारे में समझाने लगा,

"हाँ तो बच्चो! कालका से शिमला तक के पूरे रास्ते में कुल मिलाकर 103 ऐसी छोटी-बड़ी सुरंगें हैं। अब तुम बाहर देखो और पहाड़ों का आनन्द लो।

दरअसल पश्चिमी हिमालय की तलहटी में स्थित होने के कारण हिमाचल प्रदेश समुद्र तल से 6500 मीटर की ऊँचाई पर है। इसकी ऊँचाई पश्चिम से पूर्व और उत्तर से दक्षिण की ओर है। बच्चो! तुम यह भी समझ लो कि भौगोलिक तौर पर यह क्षेत्र तीन श्रेणियों में बंटा है। बाहरी हिमालय यानी शिवालिक, भीतरी हिमालय यानी सेंट्रल जोन और ग्रेटर हिमालय यानी अल्पाइन जोन। हिमाचल प्रदेश अपनी फैली हुई घाटियों, बर्फ से ढंके पहाड़ों, खूबसूरत झीलों और नदियों और इठलाते झरनों के लिए प्रसिद्ध है। राज्य का लगभग 64 प्रतिशत हिस्सा तो जंगलों से ढका है जिसमें देवदार के जंगल, बान ओक वन, शंकुधारी जंगल, अल्पाइन चराइ, रुखे पतझड़ी जंगल और बुरुंश के जंगल शामिल हैं। यहाँ की जलवायु अत्यधिक ठंडी से सेमी टॉपीकल है।

यहाँ की गर्मियाँ अप्रैल से जून तक रहती हैं, जिसमें मौसम काफी सुहावना रहता है और भारी बर्फबारी की वजह से सर्दियाँ अत्यधिक ठंडी रहती हैं। बरसात का मौसम यहाँ की खूबसूरती को कई गुना बढ़ा देता है। यह मौसम जुलाई से सितंबर तक रहता है। बरसात में

नदियाँ और झरने फिर से भर जाते हैं और हरियाली साल भर देखी जा सकती है। यहाँ की मुख्य नदियाँ चंद्र भागा, ब्यास, चिनाब, सतलुज और रावी हैं। यह नदियाँ साल भर बहती हैं और मुख्य तौर पर पर्वतों के ग्लेशियर से पलती हैं। हिमाचल प्रदेश के कुछ ग्लेशियर बारा शिरी, भागा, चंद्रा हैं।'

इस बीच कई और सुरंगें आकर निकल चुकी थीं। सोलन स्टेशन पर गाड़ी रुकी तो सब लोग नीचे उतर गए। यहाँ गाड़ी थोड़ी देर तक रुकती है, इसलिए बच्चों को भी मौका मिला था, बड़ों ने गर्मा-गरम कॉफी पी। बच्चों ने भी अपनी-अपनी पसंद से कुछ न कुछ खरीदा। फिर गाड़ी आगे बढ़ चली।

अब तक आसमान पर बादल छाने लगे थे, गर्मी का तो कहीं नामो-निशान भी बाकी नहीं रहा था। थोड़ी देर पहले जो गगनचुम्बी चोटियाँ धूप से चमक रही थीं, अचानक ही बादलों से ढक गईं और देखते ही देखते वर्षा होने लगी तो सब को सर्दी लगने लगी। शोघी तक पहुँचते-पहुँचते सबके स्वेटर निकल आए जो एहतियातन बाहर ही रख लिए गए थे। अब तक बच्चे थक भी चुके थे। सर्दी और थकान का मिला-जुला असर था कि सब ऊँघने लगे। फिर भी अब तो शिमला पहुँचने ही वाले थे इसलिए सब लोग सामान समेटने लगे।

गाड़ी समरहिल के बाद शिमला स्टेशन पर रुकी तो उतरने की अफरातफरी मचने लगी, "गाड़ी बस यहीं तक है, आराम से उतरो। आराम से बच्चो। भागो नहीं।" राजन ने कहा। अभी वे लोग सामान उतार ही रहे थे कि राजन का फोन बजने लगा, "हेलो, हाँ कौन?'

●●●

"हाँ! हाँ। बाहर आकर बात करते हैं।"

"किसका फोन था?" उर्मिला ने पूछा।

"अरे, वो गणेश ने किसी टैक्सी वाले को हमारा नम्बर दिया है वह स्टेशन पर आ गया है हमें लेने।"

"चलो यह भी अच्छा हुआ। दोस्तों का यह लाभ तो होता ही है।" उर्मिला बोली, "पर हमें तो आज रात स्टेशन पर ही रहना है न?"

"हाँ! पर कल के लिए उस टैक्सी वाले से बात कर लेते हैं, ऐसा करो उसे गैस्ट हाउस में बुला लेते हैं।" अब तक वे सब गैस्ट हाउस की सीढ़ियाँ चढ़ने लगे थे। कुली पहले ही सामान लेकर ऊपर जा चुके थे। थोड़ी ही देर में दो लड़के वहाँ आ गए। ये टैक्सी वाले थे, दूसरे दिन मशोबरा, नाल देहरा और जाखू मन्दिर आदि का कार्यक्रम तय करके भोजन के बाद सब लोग अपने कमरों में चले गए। थके हुए थे जल्दी ही नींद आ गई।

दूसरे दिन सुबह-सवेरे ही कार्यक्रम के अनुसार सभी सूमो में बैठकर नालदेहरा की ओर चल दिए। नालदेहरा में इतने खुले-खुले मैदान देखकर सब बहुत खुश हो रहे थे। डाक बंगले के बरामदे में बैठकर गर्मा-गर्म चाय का आनन्द लिया गया। डाक बंगले के चौकीदार ने उन्हें बताया कि 'यहाँ नालदेहरा, कुफरी और मशोबरा में अक्सर ही फिल्मों की शूटिंग होती रहती है। यहाँ बर्फ पर फिसलने के खेल भी होते रहते हैं।' जहाँ बड़े लोग, बरामदे की कुर्सियों पर जमे हुए थे वहीं बच्चे चारों तरफ घूम-घूमकर बर्फ से ढके पहाड़ों की सुनहरी चोटियों को देखकर खुश हो रहे थे।

"थैंक्यू पापा। हमें इतनी अच्छी जगह दिखाने के लिए। आप हमारे बहुत अच्छे वाले पापा हैं। थैंक्यू।" वंदना ने कुर्सी पर बैठे राजन के गले में पीछे से बाहें डालते हुए अपने गाल राजन के गालों से सटा दिए तो राजन ने हाथ पीछे कर के धीरे से उसका सिर सहला दिया।

"पर पापा, आपने तो बाबा भलकू राम संग्रहालय दिखाना था हमें?" वंदना ने याद दिलाया तो उर्मिला भी बोल पड़ी, "अरे हाँ, वह बात तो हम भूल ही गए।"

"कल सुबह पहले उसी को देखते हैं।"

"नहीं, दोपहर को देखेंगे।" राजन ने कहा, "पहले मशोबरा जाएँगे।"

दूसरे दिन वे सब संग्रहालय खुलने से पहले ही मशोबरा चले गए ताकि दोपहर के भोजन तक आकर संग्रहालय देख सकें। वहाँ मशोबरा में सब ने चर्च भी देखा। फिर सब शिमला में पुराने बस स्टैंड के पास रेलवे स्टेशन के मुहाने पर संग्रहालय में थे। टैक्सी वाले ने उन्हें

संग्रहालय खुलने और बंद होने का समय पहले ही बता दिया था। भीतर उत्तर रेलवे की कई पुरानी वस्तुएँ इन्हें देखने को मिलीं। जैसे हथकरघा संचालित लीवर, लाइन बदलने का लीवर, पीतल की टोपी सहित अग्निशमन यंत्र, कोयले का बक्सा, चिमटा, छड़, बेलचा, मशाल पॉट, हस्त संकेत दीपक, सबसे बड़ी बड़ोग सुरंग का मॉडल, गुमशुदा संपत्ति रजिस्टर सहित और भी कई पुरानी वस्तुएँ। 'बाबा भलकू रेल संग्रहालय' में भीतर केवल बाबा का एक चित्र और इसके नीचे 2 मार्च, 1862 को तत्कालीन पहाड़ी राज्यों के उपायुक्त 'डब्ल्यू. एम. हे' की टिप्पणी है।

'हे' के हवाले से केवल इतना कि "वह एक सरकारी कर्मचारी भलकू के योगदान को भुला नहीं सकते थे।" इसे बनाने में भलकू की भूमिका कितनी रही, इसका कोई उल्लेख नहीं था।

"ये क्या बात हुई पापा? योगदान तो नहीं भुला सकते पर योगदान की चर्चा भी तो होनी चाहीए थी न?" श्रेया जो खुद को सबसे ज्यादा समझदार मानती थी, फिर टपक पड़ी।

"हाँ बेटा, होना तो चाहिए था पर नहीं है। चलो मैनेजर से पूछते हैं।"

प्रबंधक ने बताया, बाबा भलकू के किस्से केवल किवदंतियों में ही हैं। उत्तर रेलवे भी बाबा भलकू की असल कहानी को सही-सही नहीं जानता। शिमला में बाबा भलकू के नाम से एकमात्र यही संग्रहालय बना हुआ है। इसमें उनका स्पष्ट विवरण ही अंकित नहीं है।

माना जाता है कि अगर चायल के पहाड़ी बुजुर्ग बाबा भलकू ने अपनी लाठी से नापकर सर्वेक्षण नहीं किया होता, तो कालका से बड़ोग के रास्ते रेलमार्ग शिमला तक शायद ही पहुँच पाता। प्रबंधक महोदय ने यह भी बताया कि कालका-शिमला का पहाड़ी रेलमार्ग यूनेस्को की सूची में शुमार होने पर दुनिया भर में चर्चित है।

"कहा जाता है कि जब तत्कालिक अंग्रेज इंजीनियर बड़ोग को लाख कोशिश करने पर भी सुरंग का दूसरा मुहाना नहीं मिला, तो उसने खुदकुशी कर ली थी। इसी समय रेलवे में कार्यरत एक श्रमिक, 'बाबा भलकू' ने अपनी लाठी से इस पहाड़ी के नीचे प्रस्तावित सुरंग का दूसरा मुहाना निकाला। इस सुरंग की लंबाई एक किलोमीटर 143 मीटर और 61 सेंटीमीटर है।

कोई कहता है कि उन्हें इसका सपना आया था और अपनी आध्यात्मिक दृष्टि से ही उन्होंने सब कर दिखाया, पर कोई प्रमाण उपलब्ध नहीं है। यह भी बताया कि मशोबरा से बेखलटी तक 'भलकू सड़क' नाम इसलिए पड़ा कि बाबा यहाँ से आगे तक रेल विस्तार चाहते थे।"

बच्चे अधिकारिक सूचना न मिलने से निराश से हो गए थे और अब तक संग्रहालय बंद होने का समय भी हो गया था, इसलिए सभी लोग वहाँ से निकलकर जाखू मन्दिर की ओर चल दिए। वहाँ टैक्सी वाले ने मन्दिर की चढ़ाई चढ़ने से पहले ही राजन से कहा "बाबूजी आप लोग अपने चश्में उतारकर जेब में डाल लें नहीं तो बन्दर छीन लेंगे।"

"ऐसा क्या?" कहते हुए सबसे पहले उर्मिला ने अपना चश्मा उतारकर पर्स में डाल लिया। अब राजन और रमण ने भी चश्में उतार लिए और चढ़ाई चढ़ने लगे। रास्ते के दोनों तरफ खूब मोटे-मोटे बन्दर मस्ती से घूम रहे थे। तभी एक मोटा बन्दर सचमुच एक व्यक्ति का चश्मा छीनकर भागा और थोड़ी दूर जाकर उसने चश्मा अपनी आँखों पर लगा लिया, यह देखकर बच्चे ताली बजाकर हँसने लगे।

कनू ने उन्हें डाँटकर चुप करा दिया। फिर जब बंदर को कुछ खाने को दिया गया तो उसने चश्मा फेंक दिया पर उससे पहले ही खाने के सामान को दूसरे बंदरों ने लपक लिया और सारे बंदर आपस में लड़ने लगे। इतना समय काफी था, तब तक एक बच्चा भागकर चश्मा उठा लाया था। बंदरों से डरकर सभी यात्री मन्दिर के अन्दर चले गए। वहाँ एक दीवार पर टिप्पणी लिखी थी 'यहाँ हनुमान जी संजीवनी बूटी लाते समय रुके थे।'

दूसरे दिन ये टोली समरहिल में हिमाचल विश्वविद्यालय, शोध संस्थान, आकाशवाणी और दूरदर्शन देखने गए। इस टोली का अगला पड़ाव नारकण्डा का था। दोपहर के भोजन के बाद यह काफला नारकण्डा की ओर चल पड़ा और दो घण्टे बाद सब नारकण्डा के सरकारी विश्रामगृह में थे। यहाँ तक पूरा रास्ता चढ़ाई ही चढ़ाई थी। एकदम चोटी पर थोड़ी-सी समतल जगह, उस पर बसा पूरा बाजार, होटल और परिवहन विभाग का कार्यालय, साथ ही विश्रामगृह।

अब मौसम साफ था इसलिए नारकण्डा का छोटा-सा बाजार तो घूम ही सकते थे अभी उजाला भी था। यहाँ बहुत-सी तिब्बती महिलाएँ चावल की तरह के लम्बे मोतियों की तीन-तीन लड़ी की सुन्दर मालायें बेच रही थीं। सच्चे मोतियों की इन मालाओं के बीच-बीच में अनघड़ फिरोजे के टुकड़े भी पिरोये गए थे। अनिल ने बताया इन मोतियों को चाइनीज पर्ल कहा जाता है। क्योंकि ये दिल्ली में नहीं मिलती थीं इसलिए कनू और उर्मिला दोनों ने ये मालाएँ खरीद लीं। बच्चों के लिए थोड़े-से सूखी खुबानी और अखरोट आदि खरीदे गए। अंधेरा घिरने लगा और पहाड़ों पर सितारों की तरह बत्तियाँ टिमटिमाने लगीं। सुबह बड़े सवेरे इन्हें आगे बढ़ना था इसलिए यात्री दल अपने बसेरे में लौट आया।

●●●

अगले दिन सुबह नौ बजे वे सब रामपुर बुशहर के लोक निर्माण विभाग के सरकारी विश्रामगृह में अल्पाहार ले रहे थे। कमरे में बजते सीडी प्लेयर पर कोई बहुत ही मधुर स्वरों में गा रहा था।

"बड़ी प्यारी गजल है।" कनू ने पराठे का टुकड़ा मुँह में रखते हुए कहा तो सब का ध्यान अनायास ही उधर चला गया। डाइनिंग टेबल पर सन्नाटा छा गया।

जब चली ठण्डी हवा मेरे वतन की
कम हुई हैं वुसअतें कितनी गगन की

"वाकई, गजल तो बहुत अच्छी है और आवाज भी प्यारी है।" रमण भी बोल उठा।

"बस चुपचाप सुनिए।" इस बार उर्मिला बोली थी। तभी गाने वाले ने अगला शेर उठाया।

देवदारों के घनेरे जंगलों में
राज की है गुफ्तगू कोई पवन की

जख्म तो उसके नहीं देखे हैं तुमने
कर रहे हो बात तुम जिसके चलन की

है अजब सी आज खुशबू इन गुलों में
छू गई शायद हवा उसके बदन की

तुम जिसे मिलने चले हो वक़्त-ए-आख़िर
कुछ खबर उसको नहीं है जान-ओ-तन की

आ गए हो तो जरा आराम कर लो
फिर फिजा होगी कहाँ ऐसी चमन की

वादियों में चल के नंगे पाँव शैली
लज्जतें लूटेंगे खारों की चुभन की

"वाह! सचमुच, पहाड़ की ही मिठास और आनन्द है गजल में। यार उर्मिला! तुम भी तो कविता लिखा करती हो न? कुछ हो जाए।" इस बार राजन बोला था।

"आगे का रास्ता देखिए। ये मस्के फिर के लिए रहने दें। अभी बहुत सफर है।" उर्मिला हँसते हुए सामान समेटने लगी।

अब तक नाश्ता निपट चुका था। सब लोग बाहर टैक्सी की तरफ चल पड़े। टैक्सी चालक, जिसने अपना नाम अनिल बताया था, दूसरे कमरे में इन्तजार कर रहा था कि कब आगे की यात्रा शुरू की जाए। वैसे उसे कोई परेशानी नहीं थी, क्योंकि गाड़ी एक महीने के लिए बुक की गई थी।

रामपुर बुशहर, चारों तरफ पहाड़ों से घिरा शहर जिसकी तलहटी में सतलुज नदी का जल बड़ी तीव्रता से बह रहा था। शाँय-शाँय की आवाज कमरों के अन्दर तक आ रही थी। नाश्ता लेकर आते चौकीदार से उर्मिला ने ही पूछा था, "यह कैसी आवाज है चौकीदार जी?"

"सतलुज की आवाज है मैडम जी।"

"बहुत तेज आवाज है।" अब की बार रमण बोल पड़े।

"हाँ बाबू जी। यह पहाड़ी नदी है न, शोर तो करेगी ही।"

"पानी भी बहुत होगा और बहाव भी। इसीलिए आवाज ज्यादा है।"

"हाँ बाबूजी। यही नदी भाखड़ा में बिल्कुल आवाज नहीं करती। फैल गई है न वहाँ जाकर।"

"क्या? भाखड़ा?? वही भाखड़ा डैम?" श्रेया चहकी।

"हाँ बिटिया। वही भाखड़ा डैम जो सारी दुनिया में मशहूर है।" चौकीदार ने मुस्कुराते हुए जवाब दिया।

"तब तो पापा हम उसे भी देखने जाएंगे।"

"पर बिटिया रानी, पहले रामपुर को तो पूरा देख लो, फिर किन्नौर जाओ। वहाँ नेवजे और अखरोट खाना। बर्फ देखना, फिर सात रंग का पहाड़ देखना। बड़े-बड़े देवदार और नेवजे-अखरोट के पेड़ देखना। फिर लौटकर हमें भी बताना कि कैसा लगा हमारा हिमाचल।"

"नेवजे कैसे होते हैं चौकीदार अंकल?" अमृता ने पूछा।

"छोटे-छोटे होते हैं, पर खाने में बहुत अच्छे होते हैं।"

"पापा, हमें नेवजे खाने हैं।" अमृता ने हठ पकड़ा तो चौकीदार ने कहा,

"नहीं बिटिया, आजकल नहीं मिलते और खाते भी नहीं, बहुत गर्म होते हैं। नाक से खून निकल पड़ेगा। सर्दी में खाते हैं, नवम्बर में आना। तब लेकर देंगे तुम्हें नेवजे।"

"और क्या है यहाँ देखने का? पर चौकीदार, पहले हमें रामपुर में क्या है देखने को यह तो बताओ?" कनू ने पूछा। वैसे कनू बहुत कम बोलती थी। वह सबको सुन रही थी और अपनी डायरी में सब नोट कर रही थी।

"जी मैडम जी, यहाँ बहुत कुछ नहीं है, छोटा-सा शहर है एक ही दिन में सब देख लेंगे पर जानने को बहुत कुछ है।"

"हाँ तो बताइए न चौकीदार अंकल।" श्रेया फिर बीच में कूद पड़ी।

"पहले आप नाश्ता कर लो, फिर बताते हैं।" कहकर चौकीदार गर्म परांठे लेने चल दिया।

नाश्ता करके सब लोग चौकीदार के बताए रास्ते से नदी के किनारे जा पहुँचे। रास्ते में छोटा-सा बाजार देखते हुए बाजार के अंत में दूर तक बनी सीढ़ियों से उतर कर अब वे सतलुज नदी के पुल पर थे। नीचे तेजी से बहते पानी की शाँय-शाँय की आवाज अब और भी स्पष्ट थी। मिट्टी घुला मटमैला जल देखकर बच्चे हैरान थे। पूछने पर पता चला

कि पहाड़ी नाले आजकल अपने साथ बहुत सारा गर्द–गुबार पहाड़ों से ले आते हैं, इसीलिए पानी गर्मियों में मैला ही रहता है पर सर्दियों में बिल्कुल नीली मणियों की तरह साफ रहता है। यह भी पता चला कि, पुल के इस तरफ जहाँ वे खड़े थे वह स्थान शिमला जिले में आता है और पुल के उस पार कुल्लू जिला लगता है।

"पापा, यह क्या बात हुई इधर शिमला और उधर कुल्लू?" सृजन का मासूम सा सवाल था। उत्तर उर्मिला ने दिया,

"बेटा, सरकारी काम चलाने के लिए शहरों और जिलों को सीमा में बाँटा जाता है। इसे हम भूगोल कहते हैं।"

धूप चमकने लगी तो इन्हें होश आया कि अभी तो बहुत कुछ देखना है। अब ये दल सीढ़ियाँ चढ़कर वापस बाजार में आया तो वहाँ और भी सीढ़ियाँ मिलीं। जिस तरफ को जाएं सीढ़ियों के बिना कहीं जाया ही नहीं जा सकता था इसलिए ये सब बाजार में आ गए। शहर में और भी बहुत से प्राचीन मन्दिर देखने के बाद एकदम खड़ी सीढ़ियाँ चढ़कर अब ये सब शहर में सब से ऊपर बाली सड़क पर थे, जहाँ भव्य बौद्ध मन्दिर और साथ ही बने रधुनाथ मन्दिर के सबने दर्शन किए। फिर पास में ही स्थित मुख्यमंत्री वीरभद्र सिंह की निजी सम्पत्ति उनके पूर्ववर्ती राजाओं का महल देखा, फिर यह काफिला किन्नौर की ओर बढ़ चला। शहर से बाहर कॉलेज मैदान के पास पहुँच कर अनिल ने टैक्सी रोक ली तो राजन ने पूछा क्या हुआ?

"साहब! नीचे देखिए। वह मैदान।"

"हाँ लिखा तो है गोविंद वल्लभ पंत कॉलेज है, फिर?"

"नहीं साहब, मैं कुछ और बता रहा हूँ। यहाँ हर साल 10 से 14 नवम्बर तक लवी का प्रसिद्ध मेला लगता है। यह हिमाचल के विश्वप्रसिद्ध चार मेलों में से एक है। वह जो पण्डाल है, वहाँ या तो मुख्यमंत्री या राज्यपाल और हिमाचल के बड़े लोग बैठते हैं। नाटी लगती है, तरह–तरह के खेल होते हैं और दुनिया में मशहूर चमुर्थी नस्ल के घोड़े भी बिकने आते हैं।"

"कौन से चार मेले?" रमण ने पूछा तो वह कहने लगा, रामपुर का

लवी मेला, मण्डी की शिवरात्रि, सिरमौर का रेणुका मेला और कुल्लू का दशहरा।"

"नाटी क्या होती है अंकल?" वंदना ने पूछा।

"नाटी में औरत-मर्द सब लोग मिलकर गोल घेरा बनाकर नाचते हैं। खूब ढोल बजता है।"

"मेले तो मेले होते हैं, इनमें खास क्या है?"

"अबे वकील चुप रह, हर जगह अपनी जिरह मत किया कर। उसे बताने दे। हाँ तो बालक, क्या खास है इन मेलों में?" अनिल मुँह नीचे करके हँसने लगा। वह शिमला से ही दोनों मित्रों की नोक-झोंक सुन रहा था और जान चुका था कि वे दोनों बचपन के दोस्त हैं। अलबत्ता दोनों महिलाएँ काम की बात करती थीं और बच्चे सारे रास्ते उससे बहुत सारी बातें पूछते आए थे, जिनका अपनी समझ से वह उत्तर देता आ रहा था। श्रेया ने पूछा, "बताओ न अंकल क्या खास है इन मेलों में?"

"पहले लवी मेले के बारे में बताता हूँ। यह मेला! अब तो सभी चीजें यहाँ बिकती हैं पर यह खास तौर पर ऊन और पशम और उनसे बने कपड़ों के व्यापार के लिए शुरू हुआ था। यहाँ ऊनी कम्बल को लोई कहा जाता है, लोई शब्द बिगड़ते-बिगड़ते लवी बन गया। यह मेला भारत और तिब्बत के राज्यों के बीच एक व्यापारिक समझौता था। इसी मेले में बिकने आते हैं नेवजे, जिनकी बात आपको चौकीदार ने बताई थी। पर ये बहुत मंहगे होते हैं।" इतना कहकर अनिल राजन की तरफ देखकर बोला, "बाबू जी, आप बोर तो नहीं हो रहे?"

"नहीं! तुम बताओ।" राजन के बजाए उर्मिला बोल पड़ी।

"जी मैडम जी। 1689 ई. सन् में राजा केहरि सिंह और तिब्बत के शासकों के बीच यह समझौता हुआ था कि 'जब तक पत्थर पर ऊन न उगे तब तक यह समझौता लागू माना जाए।' अब पत्थर पर तो ऊन उगने से रही। वह तो भेड़ के ही बदन पर उगेगी, सो न ऊन पत्थर पर उगे न समझोता टूटे। इसे नमग्या समझौता या बुशहर-ल्हासा संधि भी कहा जाता है। यह समझौता बुशहर के राजाओं के पास लिखा रखा है।"

"क्या लिखा है उसमें? तुमने देखा है?" राजन ने पूछा।

"नहीं सर, पर हमें पढ़ाया जाता है कि यह समझौता अभी भी है।"

"क्या लिखा है उसमें तुम्हें पता है?" राजन का शिक्षक जाग गया था।

"जी सर। हमारी किताब में था, "जब तक त्रिकालज्ञ देवताओं के वास-स्थान और जम्बूद्वीप में स्थित हिम नहीं पिघलता, जब तक मान सरोवर झील पानी से रिक्त नहीं हो जाती, जब तक श्यामवर्ण कौवा सफेद नहीं हो जाता है और जब तक कल्प का अंत नहीं हो जाता, तब तक ऊपर और नीचे (अर्थात् तिब्बत और बुशहर) वाले दोनों राजा अपने मैत्री सम्बन्ध कायम रखेंगे और अपने राज्य की सीमाओं में सत्कार्य करके सब प्राणियों का कल्याण करेंगे। ऊपर और नीचे के दोनों राजाओं के संदेशवाहक, कर्मचारी और राजदूत स्वच्छन्द इलाके में आ-जा सकेंगे।

बुशहर राज्य के संदेशवाहक तीन वर्ष में जरूर आएँ और नारिस (तिब्बत) के तीनों खण्डों की राजधानियों सपरंग, रोथंग और जंगसर में वास करें। ऊपर और नीचे के राजाओं के संदेशवाहकों को ऊपर और नीचे आते-जाते बाल भर भी तंग न किया जाए तथा न किसी प्रकार का कर लिया जाए और न किसी प्रकार का कष्ट पहुँचाया जाए।"

"अंकल, आपको सब याद है?" वंदना ने पूछा तो अनिल ने हँसते हुए कहा, "रटना पड़ता था बेबी। आज की तरह नहीं था, याद नहीं होने से पिटाई भी होती थी।" सभी हँसने लगे।

"आपकी भी पिटाई हुई थी अंकल?" अमृता ने भोलेपन से पूछा तो अनिल ने हाँ में सिर हिला दिया। अब तक वे झाखड़ी पहुँच चुके थे। यहाँ अनिल ने फिर गाड़ी रोक दी।

"सर, यहाँ संजय विद्युत परियोजना का मॉडल बना हुआ है, कहें तो गाड़ी नीचे ले चलूँ?"

"यह क्या है अंकल?" सृजन ने पूछा।

"यह विश्वप्रसिद्ध जल विद्युत परियोजना है, पर तुम अभी नहीं समझोगे।" राजन ने कहा, "हाँ चलो नीचे इसे देखना तो जरूरी है। पर इसका नाम तो कुछ और था न? यह तो बाद में रखा गया था।" और अनिल ने सूमो उतराई पर जाने वाली सड़क पर डाल दी।

"जी सर, इसे पहले नाथपा-झाखड़ी प्रोजेक्ट कहते थे। नाथपा नाम की जगह से सतलुज का पानी पहाड़ में खोदी गई सुरंग के भीतर ही भीतर लाकर यहाँ झाखड़ी में वापस बाहर नदी में डाला गया है, इसीलिए नाथपा-झाखड़ी नाम पड़ा। पहाड़ के अन्दर ही बहुत बड़ा बिजली घर भी बना हुआ है पर बाहर आपको कुछ दिखाई नहीं देगा। देखिए हम मॉडल के पास आ गए हैं।"

इन लोगों को उस मॉडल से इस जल-विद्युत परियोजना की पूरी जानकारी मिली, जो पूरी की पूरी भूमिगत थी। सब लोग मीलों फैली इस योजना की बनावट को समझ कर हैरान हो रहे थे, तभी अनिल फिर कहने लगा, इस को आप भीतर से देख सकते हैं पर उसके लिए पास वगैरह बनवाने पड़ेंगे। इसमें समय लगेगा।'

"पर सुरंग तो कहीं दिखाई नहीं दे रही कनू।" उर्मिला ने कनू की तरफ देखा। वह भी शायद इसी खोज में इधर-उधर देख रही थी।

"नहीं मैडम जी। वह तो एकदम पास जाने पर ही दिखाई देगी। वहाँ तक तो आपको प्रोजेक्ट की गाड़ी ही ले जाएगी। बाकी किसी गाड़ी को ले जाने की आज्ञा नहीं है।" बच्चे बेचारे मूक दर्शक बने सारी बातों को समझने की कोशिश कर रहे थे।

तभी रमण ने अपनी जेब से कागज निकालकर सामने रखते हुए कहा, "ये रहा सुरंग देखने का आज्ञापत्र।" तभी एक जीप उनके पास आकर रुकी। जीप के चालक ने उनसे जीप में बैठने को कहा तो राजन को याद आया, जब वे लोग प्रोजेक्ट के गेट के पास स्वीकृति के लिए रुके थे तब रमण ही टैक्सी से उतरकर कार्यालय में गया था, अच्छा! तो यह बात है। यह श्रीमान वहाँ बात करके आए हैं।

अचानक ही सबने देखा, उनके सामने ही पहाड़ में बड़ा-सा गोल मुहाना दिखाई दे रहा था। सड़क उस मुहाने के अन्दर जाकर खो गई थी। यह गेट या मुहाना इतना बड़ा था कि बड़े-बड़े ट्रक आराम से इस के भीतर दौड़ सकते थे। अब इनकी जीप सुरंग के भीतर थी।

भीतर सारी सड़क बिजली के प्रकाश से जगमगा रही थी, लग रहा था, रात हो गई है जबकि अभी चार ही बजे थे। भूमिगत परियोजना

को देखकर सभी की बुद्धि चकरा रही थी। किसी बड़े शहर की तरह चारों ओर सड़कों का जाल फैला हुआ था। सारी सड़कें गीली थीं जैसे अभी-अभी सड़कों की धुलाई हुई हो। कीचड़ भी था, बच्चे बड़े आश्चर्य से देख रहे थे, तभी जीप के चालक ने जीप रोकते हुए कहा, "आ गए बाबू जी। उतर कर देख लो।" सब लोग जीप से उतर गए। उसी समय एक अधिकारी उनके पास आया, रमण और राजन से हाथ मिलाकर अपना परिचय दिया, "मैं राकेश गुप्ता हूँ, आप को प्रोजेक्ट दिखाने का जिम्मा मेरा है। आइए।" और वह उन बड़ी-बड़ी भारी भरकम मशीनों का परिचय कराने लगा।

चारों तरफ एक अजीब सी खड़खड़ाहट मशीनों के चलने से हो रही थी। वे जहाँ खड़े थे वह खूब चौड़ा रास्ता था, दीवारों पर सीमेंट का प्लास्टर चढ़ा हुआ था। पहाड़ से रिस्ता पानी अन्दर ठंडक पैदा कर रहा था। सामने ही बिजली पैदा करने वाले बड़े-बड़े संयन्त्र लगे हुए थे।

राकेश गुप्ता उन्हें सभी संयत्रों के बारे में जानकारी दे रहे थे। वे कह रहे थे, "सुनो बच्चो! संजय विद्युत परियोजना हिमाचल प्रदेश के किन्नौर जिले में सतलुज नदी की सहायक भाबा नदी पर बनाई जा रही है। तुमने देखा है न कि सारी योजना भूमिगत है? यानी जमीन के अन्दर है।"

"जी अंकल।" सब एक साथ बोल पड़े। तब राकेश गुप्ता ने फिर कहा,

"नाथपा-झाकड़ी जल विद्युत परियोजना के अंतर्गत बने विद्युत उत्पादन गृह की क्षमता 1500 मेगावाट विद्युत तैयार करने की है जो कि भाखड़ा विद्युत गृह की क्षमता से बहुत अधिक है। भाखड़ा में 600 मेगावाट बिजली तैयार होती है। नाथपा-झाकड़ी जल विद्युत परियोजना एशिया की पहली भूमिगत परियोजना है। इस परियोजना में 120 मेगावाट की विद्युत इकाई स्थापित की जाएगी।"

जिला किन्नौर के भावानगर के पास ही 120 मेगावाट की संजय विद्युत परियोजना इंजीनियरिंग का उत्कृष्ट नमूना है। इस परियोजना का उद्घाटन 1989-1990 में तत्कालीन प्रधानमंत्री राजीव गाँधी ने किया था।" इतना बोलकर राकेश गुप्ता चुप हो गए।

अब तक वे पहाड़ के अन्दर ही घूम-घूमकर पूरी मशीनों को देख रहे थे। देर होती देखकर राकेश गुप्ता ने कहा,

"आप लोग देर से आए हैं इसलिए पूरा तो नहीं देख पाएँगे फिर भी आप लोगों की जानकारी के लिए बता दें कि नाथपा गाँव के समीप सतलुज के जल को पहाड़ के भीतर बनाई गई सुरंग द्वारा झाकड़ी गाँव तक लाया गया है, इस पावरहाउस में जलशक्ति से टरबाइंस चलती हैं और बिजली बनती है। हेड रेस टनल (एचआरटी), से सुरंग के भीतर जल जाता है तथा टेल रेस चैनल (टीआरसी), जहाँ से बिजली बनाने के बाद जल बाहर निकलता है, दोनों स्थान देखकर मानवीय सूझ-बूझ व कार्यक्षमता के चौंकाने वाले मानदंडों का एहसास होता है। नाथपा में एचआरटी से लेकर झाखड़ी में एचआरसी तक सुरंग की लंबाई 27.5 किलोमीटर है। सार्वजनिक क्षेत्र में भाबा पावर हाऊस तथा निजी क्षेत्र में बासपा फेज-2 जलविद्युत की अन्य बड़ी परियोजनाएँ हैं।" फिर उन्होंने राजन की ओर हाथ बढ़ाते हुए कहा,

"अब समय हो गया है। इसके बाद यात्रियों को बाहर जाना होता है।" रमण और राजन ने राकेश गुप्ता से हाथ मिलाया और सब नमस्ते कहते हुए फिर से जीप में बैठ गए जो उन्हें बाहर तक ले आई थी। बाहर आकर उन्होंने देखा शाम अभी नहीं उतरी थी, लम्बे दिन थे न। इस रात को उन्हें सराहन के सरकारी विश्रामगृह में रुकना था, वहाँ पहुँचते भी तो एक घंटे से अधिक लगेगा। समय का अन्दाजा लगाते हुए सब लोग चुपचाप अपनी गाड़ी में बैठ गए और अपने लक्ष्य की ओर चल पड़े। अब यह काफला ज्यूरी पहुँच चुका था। अनिल ने गाड़ी रोकते हुए एक तरफ संकेत करके बताया,

"देखिए सर, यह जो स्मारक है न, सामने अपनी जान पर खेल कर जिन लोगों ने यह सड़क, जिस पर हम गाड़ियाँ दौड़ा रहे हैं, आने वाली पीढ़ियों को दी है उनकी याद में बनाया गया है। यहाँ बहुत कठिन और तीखी-सीधी पहाड़ियाँ थीं। लोगों का कहना है कि 20 अक्टूबर सन 1962 को हुए चीनी आक्रमण के समय, सड़कें न होने के कारण सेनाएँ शिमला से पैदल चलकर किन्नौर होते हुए सीमाओं तक गई थीं।"

सब ने बड़ी श्रद्धा से स्मारक की तरफ देखते हुए प्रणाम किया। सब लोग पहाड़ी सुन्दरता और वीरता को देख-सुनकर मूक से थे, तभी रमण ने मौन तोड़ा, "हाँ भई, यह सच है कि सामरिक दृष्टि से अत्यंत महत्त्वपूर्ण हिंदुस्तान तिब्बत मार्ग आज के किन्नौर की जीवन रेखा है। भयानक एवं विशालकाय पहाड़ों और चट्टानों को काट-काटकर यह मार्ग बनाया गया है। इस क्षेत्र में पर्यटन की सभी संभावनाएँ इसी मार्ग से जुड़ी हैं।" गाड़ी आगे बढ़ चली।

अनिल ने गाड़ी घुमाकर बाईं ओर पहाड़ी पर बनी एक छोटी सड़क की तरफ मोड़ दी। यहाँ एक दम सीधी चढ़ाई थी। गाड़ी ज्यों-ज्यों आगे बढ़ रही थी, पहाड़ और भी ऊँचा होता जा रहा था। अचानक बच्चे खुशी से उछल पड़े,

"पापा-पापा! देखिए पेड़ पर सेब।" श्रेया खुशी से उछल रही थी। सब ने बड़े चाव से देखा, सड़क के दोनों तरफ सेब के फलों से लदे पेड़ दिखाई दे रहे थे। लाल-लाल सेब, कहीं किसी-किसी पेड़ पर पीले रंग के सेब भी लगे थे, परन्तु लाल सेब वाले पेड़ों की बहुतायत ही थी।

अचानक पेड़ों पर लगे पीले सेबों की तरफ इशारा करते हुए राजन ने कहा, "ये गोल्डन सेब खाने में बहुत मीठा होता है। पर देखने में ज्यादा अच्छा तो लाल सेब ही लगता है।"

"हाँ, बाबू जी! इसे पीले वाले को गोल्डन और लाल सेव को रॉयल डिलीशियस कहा जाता है। एक और होता है लाल रंग का सेब, उसे रैड डिलीशियस कहते हैं, रैड गोल्डन भी होता है। पर रॉयल से कम मीठा होता है। अब तो लोगों ने रैड के पेड़ लगाने बंद ही कर दिए हैं। मार्किट में दाम कम मिलता है उसका।"

"और ये गोल्डन सेब?" उर्मिला बोली।

"ये ...? ये तो मजबूरी में रखना पड़ रहा है किसानों को, वरना वे लोग इसे भी खत्म कर देते।"

"क्यों...?" उर्मिला ने फिर पूछा।

"मैडम जी! ये परागण के लिए रखना पड़ता है। अगर इसे किसान नहीं रखेगा, तो सेब कहाँ से लगेंगे?"

"तो यह बात है...आदमी, अपने स्वार्थ के लिए कुछ भी करता है न?"

पहाड़ी घुमावदार सड़क पर दौड़ती गाड़ी लगभग एक घण्टे बाद एक सुन्दर बस्ती में जा रुकी।

"आइए साहब! यह भीमाकाली का मन्दिर है। पर पहले आप सामान रैसट हाऊस में रखकर हाथ-मुँह धो लेते।" सबने देखा वे सुन्दर विश्रामगृह के आँगन में खड़े थे। उसी के सामने एक भव्य विशाल भवन खड़ा आसमान छूने को आतुर-सा लग रहा था। सब लोग भवन के द्वार के सामने गाड़ी से उतरकर प्रकृति की छटा को निहारने लगे। थोड़ी देर विश्राम करके सबने चाय पीकर थकान उतारी और फिर मन्दिर की ओर चल दिए। अब तक सूर्य पश्चिम की ओर ढलने लगा था।

सड़क का मोड़ मुड़ते ही सामने चान्दी से मढ़े सुन्दर नक्काशी वाले मन्दिर के भारी-भरकम दरवाजे खुले हुए थे। लोग मन्दिर में आ-जा रहे थे।

राजन मन्दिर में चढ़ाने के लिए प्रसाद खरीद लाए। द्वार से भीतर प्रवेश करते ही उन लोगों को बड़ा-सा आँगन मिला, जहाँ बीच आँगन से सीढ़ियाँ मुख्य भवन को गई थीं। सभी ने सीढ़ियों के पास जूते उतारे और साथ ही लगे नल से हाथ धोकर सीढ़ियाँ चढ़ने लगे। चार-छः सीढ़ियों के बाद ही फिर से एक बड़ा भारी वैसा ही नक्कशीदार चाँदी से मढ़ा द्वार पार करके यह टोली एक और बड़े आँगन में आ पहुँची। यहाँ सबके लिए सिर ढकने को कपड़े की टोपियाँ रखी हुई थीं। एक पुजारीनुमा व्यक्ति जो उन टापियों के पास बैठा था, कहने लगा,

"सभी लोग सिर ढक लें। माँ के दरबार में नंगे सिर जाना मना है। ये टोपियाँ ले लीजिए और चमड़े की बैल्ट, बटुआ, पर्स आदि यहीं छोड़ दें। यह अल्मारियाँ हैं। इनमें अपना कीमती सामान और मोबाइल वगैरह रख कर तला लगा दें, चाबी अपने पास रखें।" उसने खुद भी पीले रंग की टोपी पहन रखी थी और धारा प्रवाह बोल रहा था।

"पापा, यह बोलने वाला गुड्डा है क्या?" वंदना से नहीं रहा गया, "ऐसे बोल रहा है जैसे चाबी भरी हुई हो। वह राजन के कान के पास

मुँह सटाकर बोली तो राजन ने हँसकर उसके सर पर हल्की चपत जड़ दी।

सामान अल्मारी के छोटे से खाने में रखकर सब लोग आगे बढ़ने लगे। कैमरे, मोबाइल और पर्स ही तो थे। अब इनके सामने ही एक बड़ा-सा कई सदियों पुराना बड़े-बड़े पत्थरों का मन्दिर था जो बड़ी-सी लोहे की सांकल से बंद किया गया था।

"बाप रे! इतने बड़े-बड़े पत्थर! ये इतनी ऊँचाई तक कैसे पहुँचाए गए होंगे?" उर्मिला के मुँह निकला।

"हाँ! और ये लकड़ियाँ देख रही हो। कितनी मोटी और लम्बी भी हैं। हैरानी की बात है, कैसे बने होंगे ये मन्दिर?" कनू ने उत्तर दिया। अब तक सब लोग उस मन्दिर के पास सिमट आए थे और आश्चर्य से मन्दिर को देख रहे थे। पता नहीं कितना पुराना होगा। हर चार-छः फुट पत्थरों के बाद बड़े-बड़े शहतीर लगा कर उस मन्दिर का निर्माण किया गया था। सामने बहुत छोटा दरवाजा जो दूसरे दरवाजों की तरह चाँदी के नक्काशीदार पतरों से मढ़ा हुआ था पर बहुत ही छोटा, लगभग तीन फुट ऊँचा मोटी सांकल से बंद किया गया था।

तभी अनिल ने उन्हें बताया कि यह मन्दिर ही भीमाकाली का मुख्य मन्दिर है परन्तु अब यह खोला नहीं जाता, पर यहाँ कभी-कभी भैंसे की बलि दी जाती है। कहा जाता है कि यह पाँच सौ साल से भी अधिक पुराना मन्दिर है। उस मन्दिर में लगे पत्थर और उसकी एक फुट से भी कम लम्बाई-चौड़ाई की खिड़कियाँ भी धूप और दीपक की चिकनाई से काली पड़ गई थीं और अपने बहुत पुराने होने का प्रमाण दे रही थीं।

अनिल ने उन्हें यह भी बताया कि यह मन्दिर बुशहर के राजाओं की निजी सम्पत्ति है, जिसका अब मुख्यमंत्री वीरभद्र सिंह ने न्यास बना दिया है। इस मन्दिर को खोलने और यहाँ पूजा करने का अधिकार आज भी इसी परिवार का है। यह मन्दिर महाभारत काल से जोड़ा जाता है और कृष्ण के पौत्र अनिरुद्ध और वाणासुर की पुत्री उषा की प्रेमकथा का साक्षी है।

अनिल ने हमारे यात्रियों को यह भी बताया कि यह रियासत और

मुख्यमंत्री श्री कृष्ण के वंशजों में कहे जाते हैं। पर इसके साथ का यह दूसरा मन्दिर सभी के लिए खुला है। जिसे कुछ ही दहाइयों पहले नए सिरे से बनवाया गया है। सबने पलटकर देखा। कुछ ही फुट के फासले पर एक दूसरा भव्य मन्दिर उसी आकार प्रकार का खड़ा था। उसकी शक्ल-सूरत से लग रहा था कि यह नया ही है। परन्तु शिल्प वही, उसी पुराने मन्दिर की तरह का था। उसी तरह के बड़े-बड़े चौकोर तराशे हुए पत्थर, वैसी ही बीच-बीच में शहतीरों की बंदिश पर रंगरूप नया ही था।

"चलिए आगे बढ़ें।" कनु ने कहा तो सब लोग नए मन्दिर के मुख्य द्वार में सिर झुका कर प्रवेश करने लगे। ऐसा करना उनकी विवशता थी, क्योंकि वह द्वार भी पूरा ऊँचा नहीं था। भीतर द्वार के पास ही एक पालकी रखी थी। अनिल ने उन्हें बताया कि यह पालकी माँ भीमाकाली की है, जब कभी वह क्षेत्र में जाती हैं तो यह पालकी ही जाती है।

पालकी के बराबर से ही संकरी सीढ़ियाँ ऊपर को गई थीं, जिन से होकर श्रद्धालु तीसरी मंजिल पर माँ भीमाकाली के दर्शन कर सकते थे। सभी लोग सर झुकाए सीढ़ियाँ चढ़कर दूसरी मंजिल पर पहुँचे तो वहाँ भी उन्हें उसी प्रकार के छोटे नक्काशीदार दरवाजे मिले। परन्तु यहाँ मुख्यद्वार पर ताला लटक रहा था। हाँ सरिए लगी खिड़कियाँ अवश्य खुली थीं। कोई पुजारी नहीं था। अनिल ने ही बताया कि भीतर माँ सिंहवाहिनी की स्वर्ण प्रतिमा है। सब ने बारी-बारी खिड़कियों से झांक कर देखा। सच में भीतर सिंहवाहिनी की पाँच फुट की सुनहरी मूर्ति विराजमान थी। सब एक ही धातु से निर्मित था। पूरे परिक्रमा परिसर में टाट बिछे थे। अब वे लोग ऊपर की सीढ़ियाँ चढ़कर मुख्य मन्दिर के द्वार पर पहुँचे तो वहाँ बाकायदा पुजारी जी विराजमान मिले।

यहाँ देवी प्रतिमा चाँदी की थी। इतना ही नहीं वहाँ हर वस्तु अर्थात् मंडप के स्तम्भ, कमण्डल, चौकी आदि सब कुछ चाँदी का था। बच्चों को तो परिक्रमा में ही आनन्द आ रहा था परन्तु राजन, रमण, कनु और उर्मिला वगैरह भवन की खिड़कियों से प्रकृति के नैसर्गिक सौंदर्य का रसपान करने में मग्न हो गए। यहाँ तक कि विश्रामगृह में लौटकर भी उन पर एक अव्यक्त नशा-सा छाया रहा। थकावट होना तो निश्चित ही

था। लगातार सफर कर रहे थे पर थकान से अधिक उत्साह भी तो था।

●●●

एक बड़ा-सा कस्बा देखकर अनिल ने ब्रेक लगा दी और कहा, "बाबू जी, इस जगह का नाम चौरा है। रामपुर की ओर से किन्नौर का प्रवेश द्वार कहा जाने वाला पहला स्टेशन चौरा है। इसके आगे बधाल में सभी आने जाने वाली गाड़ियाँ जलपान के लिए रुकती हैं।" गाड़ी फिर चल दी। थोड़ी ही देर बाद फिर ब्रेक लगी और अनिल की जबान भी चलने लगी,

"यह माँ भीमाकाली की सखी ऊषा माता का मंदिर है तरंडा ढांक। उतरिए। यहाँ मोड़ तीखा होने के कारण बहुत दुर्घटनाएँ हुआ करती थीं इसलिए यहाँ मन्दिर बना दिया गया है। जिसका रखरखाव सेना करती है व हर यात्री सुखद यात्रा की कामना करते हुए रुकता है। इसके कुछ ही दूर निगुलसरी और उसके बाद 'सुंगरा भावानगर' स्टेशन हैं। सुंगरा में काष्ठकुणी शैली में बना सुंगरा महादेव का मंदिर है।"

"ये काष्ठकुणी क्या हुआ भई, ये क्या शब्द है?" काष्ठकुणी शब्द पर राजन भी हैरान था।

अनिल हँसने लगा, "काष्ठ और बाजू की कुहनी शब्द से बना है सर ये शब्द। आप इसे कोने का जोड़ भी कह सकते हैं। यहाँ हिमाचल में मन्दिरों की छतें कुहनी के जोड़ जैसी चौकोर बनी होती हैं। लकड़ी की बनी होने से इन्हें काष्ठकुणी कहा जाता है, वैसे कुणी का अर्थ कोना भी होता है।"

"वाह जी वाह।" श्रेया स्मित और वंदना तीनों एक साथ तालियाँ बजाने लगे, "काष्ठकुणी....काष्ठकुणी। नया शब्द मिला।" वंदना बोली, "अच्छा तो अंकल तो यह भी बता दो कि सुंगरा या भावानगर में और क्या है?"

"दरअसल सुंगरा बुशैहर रियासत की पुरानी राजधानी है। इसका कामरू किला अभी तक देखने लायक है। पूरी सांगला घाटी में ऊँची चोटियाँ सारा साल बर्फ से ढकी रहती हैं। यह घाटी किन्नौर जिले की सबसे सुंदर घाटियों में एक है और बास्पा नदी के बहने के कारण इस

स्थान को बस्पा घाटी भी कहा जाता है। आज की रात तो आप लोगों को सुंगरा ही रहना है। सुबह खुद ही देख लेना कि यह जगह कितनी सुन्दर है।"

अब ये यात्रीदल फिर से सफर में था।

•••

सुंगरा में विश्रामगृह के चौकीदार ने उन्हें बताया कि वे चाहें तो सांगला वैली घूम आएँ। ज्यादा दूर नहीं है और अच्छी जगह है।

बातूनी वंदना तुरन्त बोल पड़ी, "वहाँ क्या है चौकीदार अंकल?"

"बेटा, अब तो खुली वैली है और सेब की खेती है, बड़ा-सा कामरू का किला-मन्दिर है। बटसेरी गाँव में चिलगोजे के पेड़ हैं। सांगला के पास कुछ और भी खूबसूरत जगहें, जैसे सपनी, कांडा और ट्राउट फार्म हैं। पर जंगल तो पूरा ही चिलगोजे का है।"

"चिलगोजा क्या होता है अंकल?" अब तो स्मित से भी बोले बिना नहीं रहा गया।

"बेटा इसे न्योजा भी कहते हैं। वो रामपुर में नहीं बताया था चौकीदार अंकल ने। नेवजा...... अरे वो रामपुर में बताया था न, न्योजा?" राजन ने उसे समझाया तो वह हाँ में सिर हिलाने लगा। पर अब बच्चे सांगला देखने के लिए मचलने लगे। तो रमण ने भी कह दिया, "यार किसी और जगह एक दिन कम कर देंगे। यहाँ तो रोज नहीं आया जाएगा।" तो तय हुआ कि सांगला अवश्य देखना है।

बच्चों में इस यात्रा का इतना अधिक उत्साह है कि स्कूल के लिए डांट खाकर उठने वाले सारे बच्चे इन दिनों या तो अपने आप ही जाग जाते या फिर एक हल्की सी आवाज पर्याप्त होती। आज भी हल्का सा उजाला होते ही सब जाग कर जल्दी-जल्दी तैयार होने लगे। सरकारी विश्रामगृह का चौकीदार नाश्ते के लिए पूछने आया तो सब के सब एकदम तैयार मिले। नाश्ता परोसते हुए चौकीदार ने बताया,

"साहब! सांगला, किन्नौर जिले में एक खूबसूरत शहर है। बास्पा नदी के किनारे बसा हुआ है, तिब्बत की सीमा से निकट है। आपकी जानकारी के लिए बता रहा हूँ, इस शहर का नाम पास के एक उसी नाम

के गाँव के नाम पर है, जिसका तिब्बती भाषा में अर्थ है 'प्रकाश का रास्ता'। सच में साहब! इस इलाके की सुंदरता बस देखते ही रह जाओ।"

"हाँ भाई चौकीदार जी, यह तो आप सही कह रहे हो।" रमण बोला।

"आपको एक बात बतायें साहब! भारत-चीन सीमा पर होने की वजह से 1989 तक इस जगह के लिए, यात्रियों को सरकार से इजाजत लेनी पड़ती थी। बाद में इस नियम को खत्म कर दिया गया। अब कोई पाबंदी नहीं है।" चौकीदार ने कहा, "सुंगरा से इधर आते समय आपने देखा होगा, वहाँ से करीब सोलह किलोमीटर निचार नाम की जगह है। भावानगर में बिजली घर है, इसके आगे वांगतु नाम की जगह कुछ समय पहले सतलुज नदी में भयंकर बाढ़ आने के कारण पूरी तरह नष्ट हो गई थी, पर फिर से बस गई है। बांगतु से आगे सतलुज के बाईं ओर भावा नाम की नदी के तट पर कटगांव और काफनु गाँव हैं जो सेब के लिए मशहूर हैं।

वांगतु से आगे बड़ा स्टेशन टापरी है जो कि अच्छा व्यावसायिक केंद्र है यहाँ किनफैड का दफ्तर है। यहाँ से कुछ आगे कड़छम नाम की जगह पर जे.पी. नामक कंपनी की बनाई कड़छम-वांगतु विद्युत परियोजना है।" वह दम लेने के लिए रुका पर बच्चे दम साधे बड़े गौर से चौकीदार की बातें सुन रहे थे। वह फिर बोलने लगा,

"कड़छम से आगे बढ़ने पर सतलुज नदी के किनारे, सड़क मार्ग पर ही गरम पानी का चश्मा था जो कि अब डैम में समा गया है। आपने देखा होगा, टापरी के पास से ही कहीं-कहीं भारतीय सेना के कैंप नजर आने लगते हैं?" सबने हाँ में सिर हिलाए तो चौकीदार आगे ऐसे बोलने लगा जैसे वह कोई गाइड हो।

"कड़छम से थोड़ा आगे बास्पा और सतलुज नदियों का संगम है। यहाँ बास्पा नदी दो तरफ बंट जाती है।"

"चलिए साहब। काफी जानकारी मिल गई। अब आगे बढ़ें?" अनिल ने कहा तो ये पूरा यात्रीदल बाहर निकल कर अपनी-अपनी सीटें सम्भालने लगा। घने जंगल में ऊँचे घने नुकीली पत्तियों वाले पेड़ों को

देखते हुए अनिल ने उन्हें बताया, "देखिए साहब! ये न्योजे के पेड़ हैं।"

"मास्टर जी, आप क्यों चुप हैं? कुछ ज्ञान दीजिए न!" राजन ने रमण को छेड़ने के अंदाज में कहा, पर रमण पूर्ववत गम्भीर बना रहा, "राजन, मैं तो हैरान हूँ इतनी खूबसूरती क्या धरती पर हो सकती है? वाह रे ऊपर वाले। तेरा भी जवाब नहीं। देखो तो इन पेड़ों को। कैसे तीखे और नुकीले पत्ते हैं और पत्तों के बीच चमकते ये चमकीले हरे फल? अभी तो एकदम नरम हैं लेकिन बाद में ये लकड़ी जैसे सख्त हो जाएँगे और इन्हीं के अन्दर से निकलेगा मीठा न्योजा। वाह!"

"हाँ यार! कह तो तू ठीक ही रहा है। वाकई यहाँ नहीं आते तो ऐसी लाजवाब खूबसूरती को देखने से वंचित रह जाते। सच कहा था तुम लोगों ने। बच्चे बड़े हो गए तो नहीं घूम सकेंगे।" राजन ने चारों तरफ गर्दन घुमा-घुमाकर देखते हुए कहा।

"इतनी जानकारी! अगर हम ये सब बच्चों को घोटकर भी पिलाते तो भी ये बोर होकर किताबें पटक देते। अब सभी कुछ कितनी आसानी से इन्हें याद रहेगा न?"

"पापा! कुछ और बताइए न।" श्रेया मचल गई तो सारे बच्चे रमण के पीछे पड़ गए। बताइए, बताइए का शोर उठने लगा। तो रमण ने हाथ उठाकर सबको चुप करा दिया, "ऐसे शोर करोगे तो कैसे बताऊँगा?"

अब सब बच्चे चुप हो गए और चलती गाड़ी की आवाज के सिवा कोई शब्द नहीं था। इसी समय मोड़ के पीछे से एक झरना प्रकट हुआ और रमण ने गाड़ी रुकवा ली, "चलो थोड़ी देर यहाँ बैठते हैं।"

सब लोग गाड़ी से बाहर निकलकर हरी-हरी घास पर बैठ गए, अब श्रेया फिर से बोल पड़ी, "बताइए पापा।"

"हूँ! तो सुनो बच्चो। ये जो है न चिलगोजा! ये भारत में नियोजा के नाम से जाना जाने वाला पाइन नट है। ये नट्स वास्तव में चिलगोजा पाइन वृक्ष के खाद्य बीज हैं। हालांकि विभिन्न प्रकार के पाइन नस्लों से प्राप्त विभिन्न प्रकार के चीड़ (अंग्रेजी:Pine), एक अनावृतबीजी पौधा है। यह पौधा पृथ्वी पर सीधा खड़ा रहता है। इसमें शाखाएँ तथा प्रशाखाएँ निकलकर शंक्वाकार शरीर की रचना करती हैं। इसकी 115

प्रजातियाँ हैं। इसके पेड़ 3 से 8 मीटर तक लम्बे हो सकते हैं। चीड़ के वृक्ष पृथ्वी के उत्तरी गोलार्ध में पाए जाते हैं। इनकी 90 जातियाँ उत्तर में वृष रेखा से लेकर दक्षिण में शीतोष्ण कटिबंध तथा उष्ण कटिबंध के ठंडे पहाड़ों पर फैली हुई हैं। इनके विस्तार के मुख्य स्थान उत्तरी यूरोप, उत्तरी अमेरिका, उत्तरी अफ्रीका के शीतोष्ण भाग तथा एशिया में भारत, बर्मा, जावा, सुमात्रा, बोर्नियो और फिलीपींस द्वीपसमूह हैं।" बच्चे और बड़े भी, बड़े मनोयोग से सुन रहे थे। अनिल भी हैरान था कि प्रो. साहब के पास कितना ज्ञान है। फिर उसने सोचा, पढ़ाते हैं तो पता क्यों नहीं होगा? तभी उसने सुना, रमण कह रहे थे,

"निचली शाखाओं के अधिक दूर तक तथा ऊपरी शाखाओं के कम दूर तक फैलने के कारण इनका आकार पिरामिड जैसा हो जाता है। पुराने होने पर इन वृक्षों का आकार धीरे-धीरे गोलाकार हो जाता है। जगलों में उगने वाले इन वृक्षों की निचली शाखाएँ शीघ्र गिर जाती हैं और इनका तना काफी सीधा, ऊँचा, स्तंभ जैसा हो जाता है। छाल साधारणतया मोटी और खुरदरी होती है, परंतु कुछ जातियों में पतली भी होती है।

इन पेड़ों की दो प्रकार की टहनियाँ होती हैं, एक लंबी तथा दूसरी छोटी टहनियाँ, जिन पर सुई के आकार की लंबी, नुकीली पत्तियाँ गुच्छों में लगी होती हैं। नए पौधों में पत्तियाँ एक या दो सप्ताह में ही पीली होकर गिर जाती हैं। वृक्षों के बड़े हो जाने पर पत्तियाँ वर्षों नहीं गिरतीं।

सदा हरी रहने वाली पत्तियों की अनुप्रस्थ काट (transverse section) तिकोनी, अर्धवृत्ताकार तथा कभी-कभी वृत्ताकार भी होती है। पत्तियाँ दो, तीन, पाँच या आठ के गुच्छों में या अकेली ही टहनियों से निकलती हैं। इनकी लंबाई दो से लेकर 14 इंच तक होती है और इनके दोनों तरफ रंध्र (stomata) कई पंक्तियों में पाए जाते हैं। पत्ती के अंदर एक या दो वाहिनी बंडल (vascular bundle) और दो या अधिक रेजिन नलिकाएँ होती हैं। वसंत ऋतु में एक ही पेड़ पर नर और मादा कोन या शंकु निकलते हैं। नर शंकु कत्थई अथवा पीले रंग का साधारणतया एक इंच से कुछ छोटा होता है। प्रत्येक नर शंकु में बहुत से द्विकोषीय लघु बीजाणुधानियाँ (Microsporangia) होती हैं।

ये लघुबीजाणुधानियाँ छोटे-छोटे सहस्त्रों परागकणों से भरी होती हैं। परागकणों के दोनों सिरों का भाग फूला होने से ये हवा में आसानी से उड़कर दूर-दूर तक पहुँच जाते हैं। मादा शंकु चार इंच से लेकर 20 इंच तक लंबी होती है। इसमें बहुत से बीजांडी शल्क (ovuliferous scales) चारों तरफ से निकले होते हैं। प्रत्येक शल्क पर दो बीजांड (ovules) लगे होते हैं। अधिकतर जातियों में बीज पक जाने पर शंकु की शल्कें खुलकर अलग हो जाती हैं और बीज हवा में उड़कर फैल जाते हैं। कुछ जातियों में शकुं नहीं भी खुलते और भूमि पर गिर जाते हैं। बीज का ऊपरी भाग कई जातियों में कागज की तरह पतला और चौड़ा हो जाता है, जो बीज को हवा द्वारा एक स्थान से दूसरे स्थान तक पहुँचने में सहायता करता है। बीज के चारों ओर मजबूत छिलका होता है। इसके अंदर तीन से लेकर 18 तक बीजपत्र पाए जाते हैं।" कहने के साथ ही कपड़ों से घास झाड़ते हुए रमण के उठने से सब उठ खड़े हुए और काफिला आगे बढ़ने लगा।

कलकल-छलछल करती बस्पा के ठंठे पानी की ठंडक महसूस करते हुए पूरा दल थोड़ी ही देर बाद कामरू किले के अन्दर था।

कामरू किले की उत्कृष्ट काष्ठकला को देखते हुए सब लोग मंदिर की तीसरी मंजिल पर, देवी की एक बड़ी मूर्ति को देख रहे थे। इसके बाद सबने छितकुल की देवी माथी (माता) के दर्शन भी किए। बासपा नदी में मछली पकड़ते और ट्रैकिंग का आनंद लेते लोगों को देखते हुए, पाइन और ओक के जंगलों के बीच, ग्लेशियर और नदियों को देखते हुए दोनों स्त्रियों ने हथकरघे से बनी शॉलें और पुरुषों ने किन्नौरी टोपियाँ खरीदीं और अब यह काफिला रिकाँग-पियो की तरफ चल पड़ा जहाँ इन्हें आज रात को रुकना था।

रात को यह निर्णय लिया गया कि कल पूरा दिन पीओ में रुक कर शहर में ही घूमेंगे। इसलिए सुबह जल्दी उठने की कोई बात नहीं थी। अनिल और विश्रामगृह के चौकीदारों की सहायता से बच्चे रोज ही नई जानकारियाँ एकत्र कर रहे थे।

●●●

आज कोई भी जल्दी नहीं उठा, क्योंकि पहले से तय था कि आज यहीं रुकना है। पर भूख तो लगती ही है और रेस्ट हाउस के चौकीदार को और भी काम होते हैं, इसलिए सबको उठना ही पड़ा।

"घूमने के शौकीनों, खासकर पहाड़ों को पसंद करने वाले लोगों के लिए तो हिमाचल प्रदेश की यात्रा करना बहुत ही जरूरी है। तुम्हें पता है बच्चो! दुनिया की सबसे बड़ी और सबसे ऊँची पर्वत शृंखला हिमालय, यही हिमाचल प्रदेश है। समुद्र तल से 2670 मीटर की ऊँचाई पर है रिकांग-पिओ किन्नौर का जिला मुख्यालय है। हाल ही में यहाँ कुछ ही समय पहले एक मठ बनाया गया है। खूबसूरत और आकर्षक हिल स्टेशनों वाला यह राज्य भारत का सबसे ऊँचा पर्यटन स्थल है।" रिकांग-पियो के विश्रामगृह में नाश्ते की मेज पर रमण बच्चों को बता रहा था। बच्चे ही नहीं राजन, कनु और उर्मिला आदि भी बड़े गौर से उसकी बातें सुन रहे थे।

"हिमाचल प्रदेश के इन इलाकों में जहाँ आजकल हम घूम रहे हैं, वहाँ सर्दियाँ बेहद कड़ाके की होती हैं क्योंकि यहाँ बर्फ पड़ती है। पानी भी जम जाता है। बाहर निकलना कठिन होता है पर गर्मियों के मौसम में ज्यादा गर्मी नहीं पड़ती। हिमाचल प्रदेश घूमने का सबसे अच्छा समय वसंत का है जो कि फरवरी से अप्रैल का होता है।"

तभी श्रेया बोल उठी, "तब तो फिर हमको भी उसी समय आना चाहिए था न पापा?"

"नहीं बेटा। हम लोगों को अपनी सुविधा से ही तो आना होता है। छुट्टियों को भी देखना होता है और उस समय सब के पेपर भी तो सिर पर होते हैं। फिर यदि हम फरवरी में आते तो हमें ये ताजे फल देखने को कहाँ मिलते, बताओ बताओ?"

"हाँ, यह बात तो आपने ठीक ही कही है।" इस बार रमण की पत्नी कनु से नहीं रहा गया। वैसे तो दोनों स्त्रियाँ इनकी बातें चुपचाप ही सुनती थीं, बीच में दखल नहीं देती थीं पर इतिहास से स्नातक कनु इस बार चुप नहीं रह पाई।

"आकर्षक पहाड़ी क्षेत्रों में, हिमाचल प्रदेश का इतिहास बहुत समृद्ध

और विविध है। इतिहासकारों ने जो सबसे चौंकाने वाले तथ्य ढूंढे हैं उनमें कुछ तो दो मिलियन साल पुराने हैं, जिसमें प्रागैतिहासिक काल के लोगों के कांगड़ा और सिरसा घाटी में रहने के प्रमाण भी मिले हैं।"

"जी आप ठीक कह रही हैं भाभी। इस से संबंधित कई संदर्भ वेदों, महाभारत और दूसरे पुराने साहित्य और मिथकों में मिलते हैं। यहाँ न जाने कितने ही स्थानों को महाभारत काल से जोड़ा जाता है, कहीं पाँडव वास है तो कहीं हिडिम्बा मन्दिर और घटोत्कच का मन्दिर। कहीं पाँडवों की कोठी है तो कहीं कुछ और। हालांकि हिमाचल प्रदेश तो 1950 में राज्य बना। उससे पहले यह इलाका ब्रिटिश भारत में था। शिमला शहर जैसे पहले अंग्रेजों की गर्मियों की राजधानी था, उसे इसी तरह राज्य की राजधानी बना दिया गया।"

"ओए मास्टर! क्यों बहका रहा है सब को? शिमला तो अंग्रेजों ने जख्मी फौजियों के लिए बसाया था। यार कॉलेज तो हम भी गए थे। वकालत तो बाद में की है न।" राजन शैतानी के मूड में दिखाई दे रहे थे। बच्चों की आँखें शरारत से चमकने लगीं। मजा आएगा, अब दोनों झिक-झिक करेंगे। वाह।

"जी हाँ!" राजन के बोलने से पहले ही कनु मुस्कुराते हुए बोल उठी। राजन सिर्फ आँखें तरेर कर रह गए। "अधिक ऊँचाई से लाए जाने वाले वे घायल सैनिक, जो गोरखों के छापामार युद्ध से अधिक गम्भीर स्थिति के कारण घावों को झेल नहीं पाते और इलाज के लिए, अम्बाला फौजी अस्पताल तक नहीं पहुँच पाते और रास्ते में ही दम तोड़ देते थे। इन घायल सैनिकों को घोड़ों पर ही लाया जा सकता था, क्योंकि नजदीक का बड़ा अस्पताल तब तक अम्बाला ही था।"

"क्यों मम्मी, गाड़ी से क्यों नहीं लाते थे उन फौजियों को?" पाँच साल की अमृता का मासूम सा प्रश्न था।

"बेटा, तब सड़के कहाँ थीं ऐसी। आने-जाने के साधन बस घोड़े-खच्चर ही होते थे।" उर्मिला ने उसे संकेत से चुप रहने को कहा। सब लोग बड़े अच्छे मूड से इस यात्रा का आनन्द ले रहे थे और अपने ज्ञान में वृद्धि कर रहे थे।

नाश्ते के बाद यह टोली रिकांग-पियो के बाजारों में सूखे मेवे, ऊन-पश्म के बने शॉल-मफलर और चावल की तरह के चाइनीज पर्ल (मोती) देखने और खरीदने में व्यस्त रहे। हालांकि राजन और रमण दोनों इस बात से कुढ़ रहे थे कि ये औरतें छुट्टियों के नाम पर दिवाला निकाल देती हैं, पर क्या करें शेष साल भर ये इसी समय के लिए बचत भी तो करती हैं। इसीलिए इन्हें कुछ कह भी तो नहीं सकते।

किन्नौर के प्रमुख व्यापारिक केंद्र रिकाँग-पियो के गली बाजारों में घूमने के बाद पाया गया कि किन्नौर का जिला मुख्यालय होने के कारण वहाँ सारे बड़े कार्यालय हैं। निकटवर्ती किन्नौर निवासियों का सारा काम वहीं हो जाता है इसलिए भीड़-भाड़ भी रहती है और पहाड़ तो पहाड़ है, कहीं भी जाओ, चढ़ाई-उतराई। वहाँ के लोगों से बातचीत करने पर इन्हें पता चला कि रिकांग-पियो व आस-पास के गाँवों में कालाजीरा, सेब खुमानी (शक्करपारा) मटर, बादाम, चिलगोजा, राजमाह आदि की फसल बहुतायत होती है। एक और विशेष वस्तु जो इन यात्रियों को पता चली, वह थी अंगूरी। यहाँ अंगूर की खेती बहुतायत से होती है और हर घर में अंगूर से शराब भी बनाई जाती है, जिसे अंगूरी कहा जाता है। यह मदिरा बहुत दूर-दूर तक प्रसिद्ध है।

कुछ व्यापारी शुद्ध शिलाजीत का शोधन कर के बेचते हैं, व यहाँ के गाँवों में लघु हथकरघा उद्योग के रूप में भेड़ बकरी की ऊन से पट्टी बनाई जाती है। इन सब चीजों में से अपने काम की बहुत-सी चीजों के साथ-साथ किन्नौरी टोपियाँ भी जो इस क्षेत्र की विशेष पहचान हैं इन लागों ने खरीदीं।

दिन के समय इन्होंने हिमानी पर्वत किन्नर कैलाश के बारम्बार रंग बदलते शिवलिंग के नंगी आँखों (यानि बिना दूरबीन के) साक्षात दर्शन किए। कोठी की काली माता के दर्शन भी किए।

यहीं इन्हें पता चला कि शिमला से 260 कि.मी. दूर, पुरानी भारत-तिब्बत सड़क पर बसा 'कल्पा' नाम का कस्बा, किन्नौर का प्रारंभिक जिला मुख्यालय था। समुद्र तल से इसकी ऊँचाई 2759 मीटर है।

यहाँ का नारायण नागनी मंदिर स्थानीय कला का अनुपम उदाहरण है। कल्पा में अनेक प्राचीन बौद्ध मठ बने हुए हैं। यह गाँव समुद्र तल से 6050 मीटर ऊँचे किन्नौर कैलाश के बहुत ही निकट स्थित है। यह भी पता चला कि विश्वविख्यात लेखक और घुमंतु राहुल सांकृत्यायन जब हिमाचल के भ्रमण पर थे तो वे रिब्बा में काफी रुके थे और एक स्थानीय लड़की से उन्होंने विवाह भी किया था परन्तु उसकी कहीं भी चर्चा नहीं होती। दूसरे दिन से इनकी यात्रा फिर से शुरू होनी थी इसलिए खा-पीकर सब जल्दी ही सो गए और प्रातः चार बजे ही सब तैयार होने लगे।

●●●

अब इन लोगों को कुल्लू-मनाली होते हुए, निकलना था इसलिए वे शाम तक मनाली पहुँचना चाहते थे जहाँ दो दिन तक आराम कर के मनाली भी घूम सकें। मनाली सुविधा सम्पन्न स्थान है, जो कि हिमाचल का एक अति प्रसिद्ध पर्यटन स्थल है। अंधेरा होने तक ये लोग मनाली पहुँच भी गए।

"आज तो हम मनाली ही घूमेंगे।"

"पता है, इस जगह का मनाली नाम कैसे पड़ा?" रमण ने कहा तो राजन को फिर शरारत सूझी

"जी हाँ मास्टर जी! मनाली शहर का नाम मनु के नाम पर पड़ा है। मनाली शब्द का शाब्दिक अर्थ 'मनु का निवास-स्थान' होता है। पौराणिक कथा है कि जल-प्रलय से दुनिया की तबाही के बाद मनुष्य जीवन को दुबारा निर्मित करने के लिए साधु मनु अपने जहाज से यहीं पर उतरे थे। मनाली को 'देवताओं की घाटी' के रूप में जाना जाता है। पुराने मनाली गाँव में ऋषि मनु का एक अति प्राचीन मंदिर भी है। और कुछ?"

"हाँ, और भी बताओ ज्ञानी महोदय।"

"मनाली की ऊँचाई 1,950 मीटर या 6,398 फीट है। कुल्लू घाटी के उत्तरी किनारे के पास, व्यास नदी की घाटी में, भारत के हिमाचल प्रदेश राज्य की पहाड़ियों का एक महत्त्वपूर्ण पर्वतीय स्थल है। यहाँ

से लद्दाख और वहाँ से होते हुए काराकोरम के रास्ते तारीम बेसिन में यारकंद और खोतान तक के एक बहुत पुराने व्यापार मार्ग की शुरुआत थी और बताऊँ?"

"हाँ....हाँ, क्यों नहीं। बताओ-बताओ। आज तुम्हारी मास्टरी भी देखते हैं।" रमण भी पूरे मूड में नजर आ रहे थे।

"मनाली और उसके आस-पास के क्षेत्र बहुत महत्वपूर्ण हैं। इसे सप्तर्षि या सात ऋषियों का घर बताया गया है और ये कि हिडिम्बा देवी मंदिर, 1553 में स्थापित, पाण्डव राजकुमार भीम की पत्नी हिडिम्बा को समर्पित है। यह मंदिर अपने चार मंजिला शिवालय एवं विलक्षण काठ की कढ़ाई के लिए जाना जाता है। चल अब आगे बढ़ें, भेजा मत चाट।"

"बस्स! इतने में ही? काहे के वकील हो भाई। कोर्ट में कैसे कर लेते हो लम्बी-लम्बी बहस?"

"आप लोगों की बहस खत्म हो गई हो तो घूमने चलें?" कनू ने चुटकी ली। अब तक रात के खाने के लिए सब लोग बाहर निकलने के लिए तैयार हो चुके थे।

•••

दूसरे दिन प्रातः कनू ने उर्मिला से कहा, "पहले हिडिम्बा मन्दिर ही चला जाए?" तो उर्मिला ने भी इस में सहमति दी। थोड़े अल्पाहार के बाद ये लोग हिडिम्बा मन्दिर देखने चले गए। मन्दिर की सीढ़ियाँ चढ़ने से पहले ही श्रेया चिल्लाई,

"मम्मी! मम्मी! काष्ठकुणी।"

"क्या काष्ठकुणी, कहाँ?" कनू चौंककर इधर-उधर देखने लगी तो श्रेया ने मन्दिर की छत की तरफ इशारा करते हुए कहा, "वो देखिए, छत। मन्दिर की छत।" श्रेया के चिल्लाने पर सब ही उसकी तरफ घूम गए थे। सब ने चौंक कर देखा, "हाँ रे! यह तो वाकई कोने वाली छत है। लकड़ी की ही बनी हुई है। वाकई, हमने अभी तक इस बारे में सोचा ही नहीं।" उर्मिला बोल उठी।

काफी बड़ा मन्दिर था। बाहर खुली जगह भी थी। कई सीढ़ियाँ चढ़कर सब लोग मन्दिर में गए। बहुत भीड़ थी। यहाँ पर तो, भारत ही

नहीं विदेशों से भी पर्यटक आए हुए थे। घने देवदार के पेड़ों के बीच घिरे खड़े मन्दिर और रमणीय पर्वतीय दृश्यों को देख कर सब बहुत प्रसन्न थे। तभी राजन, जो चारों तरफ घूम-घूमकर देख रहा था बोला, "अरे! वो क्या है भई उस तरफ?"

"याक है सर!" अनिल बोला।

"बड़ा अजीब जानवर है यार। मुँह बैल जैसा और बाल कुत्ते जैसे लम्बे।"

"जी! इसे पहाड़ी गाय भी कहते हैं। यहाँ बर्फीले इलाकों में इसका दूध भी पिया जाता है और इसका माँस भी ये लोग खाते हैं। पर यह गर्म इलाकों में नहीं रह सकता। क्योंकि इसके ये लम्बे बाल बहुत गर्म होते हैं। इन्हें साल में दो बार भेड़ की ऊन की तरह काटा जाता है।"

"फिर क्या करते हैं इनका?" कनू का प्रश्न था।

"मैडम जी, इनके बालों से ये लोग कपड़े बनाते हैं, जो भारी बर्फ में इन लोगों को सर्दी से बचाते हैं। बहुत ही गर्म होते हैं इनके बाल।" अनिल ने जवाब दिया।

"पर ये इतने मोटे बाल....?"

"जी नहीं। इन मोटे बालों के भीतर तो बहुत मुलायम रेशम होता है, उसे पश्मीना कहा जाता है। होते वह भी बाल ही हैं। काटने के बाद, दोनों तरह के बाल अलग किए जाते हैं जो बहुत मेहनत का काम होता है।"

"अच्छा! तो यह है पश्मीना।" उर्मिला ने कहा।

"जी हाँ। मोटे बालों से ये लोग बैठने के लिए मोटी दरियाँ बनाते हैं जिन्हें ख्यारचा कहा जाता है। पश्मीने के पट्टू और शालें बनती हैं।"

"पट्टू....हा हा हा।" अमृता ताली बजाकर हँसने लगी।

"हाँ बेबी! उसे लोई भी कहते हैं। जो बड़ी-सी चादर आपके पापा ने सुबह ओढ़ रखी थी न। बस वही।" अनिल आज सब का गाइड बना हुआ था।

"पर ये कौन हैं जो बच्चों को इसकी पीठ पर बैठा रहे हैं, अंकल?" स्मित बोल पड़ा। शायद चुप रहकर तंग आ गया था।

"ये इनके मालिक हैं। आजकल लोगों ने पैसे कमाने का यह भी धंधा बना लिया है। बेचारा गरीब जानवर बहुत सीधा होता है, परंतु किसी कारण इसे गुस्सा आ जाए तो खैर नहीं।"

"इसे गुस्सा भी आता है? देखने से तो नहीं लग रहा।" कनू ने कहा।

"आपको एक बात बताएँ, याक बहुत पवित्र माना जाता है। इसकी विशेषता यह है कि अन्य अपवित्र पदार्थो की तो बात ही छोड़िए, दूसरे जानवरों द्वारा चरी हुई घास को भी यह जूठा मान कर छोड़ देता है और नई उगी घास ही खाता है। इसे नमक बहुत पसंद है। किसी पत्थर पर नमक लगाकर इसके आगे रख दिया जाए तो याक उसे कई घंटों तक चाटता रहता है।"

"कोई और खास बात....?" राजन ने रुचि दिखाई

"जी हाँ! किन्नौर के याक का रंग सफेद होता है। दूसरे रंग का याक वहाँ दिखाई नहीं देता।

याक में सूंघने की विलक्षण शक्ति होती है। बर्फ के नीचे छिपे गढ्डों का इसे पता चल जाता है और यह उनसे बच कर ठीक रास्ता बनाता हुआ आगे बढ़ता है, इसलिए बर्फ से ढके क्षेत्रों में कई जगह गहरे गढ्डों में गिरने से दुर्घटना नहीं हो पाती। याक की सूंघने की क्षमता का लाभ मनुष्य को भी मिलता है।"

"चलो उधर चलते हैं।" उर्मिला बोली तो सब उधर ही चल पड़े। वहाँ काले और सफेद रंग के कुछ याक खड़े थे, कुछ चितकबरे भी थे। उनके लम्बे बाल धरती तक लटक रहे थे। वहाँ एक बोर्ड पर बड़े-बड़े अक्षरों में लिखा था 'घटोत्कच मन्दिर'।

"अच्छा! तो घटोत्कच का मन्दिर भी है यहाँ?" राजन बोला तो कनू से नहीं रहा गया हँसते हुए बोली, "क्यों जी? हिडिम्बा का मन्दिर है तो घटोत्कच का क्यों नहीं होगा! बेटा था उसका। माँ को छोड़कर कहाँ जाएगा? हिडिम्बा भीम के साथ तो गई नहीं थी और भीम का भी उसकी संतान होने तक का वचन था, वहाँ रहने का। संतान को ले जाने का तो नहीं था न?"

"अरे वाह पंडित जी! महाभारत की कथा मत बाँचने लगना यहाँ।

सब ने पढ़ रखी है।" राजन ने उसे चिढ़ाने के अंदाज में कहा, पर कनू ने इस तरफ ध्यान ही नहीं दिया। फिर थोड़ी देर बाद वे सब मनाली के बाजार में थे।

यहाँ हर जगह सेब के पेड़ देख कर चुप रहने वाला स्मित बोल उठा, "यहाँ पर भी सेब के पेड़ हैं।"

"हाँ बाबा। यह पहल ब्रिटिश राज के समय हुई। सेब के पेड़ और ट्राउट मछली, जो मनाली के पेड़-पौधों एवं जीवों में बिल्कुल नहीं पाई जाती थीं। यहाँ के जल-वायु में सेब के पेड़ इतने ज्यादा फले कि उनकी टहनियाँ वजन को न सह पाने के कारण टूट जाती हैं। वो देखो, पेड़ों के नीचे सहारे के लिए लकड़ियाँ लगा रखी हैं। यहाँ के निवासियों के लिए पर्यटन के साथ-साथ बेर और नाशपाती के सेब और शॉलें-पट्टू भी आय के सबसे बड़े माध्यम हैं।

1980 के पहले ये इलाके इतने ज्यादा नहीं जाने जाते थे पर, कश्मीर में बढ़ते आतंकवाद के बाद मनाली के पर्यटन को जबरदस्त बढ़ावा मिला।"

मनाली आकर इन्हें पता चला कि चंद्र ताल एक अति दुर्गम स्थान है। सर्दियों में तो यहाँ पहुँचा ही नहीं जा सकता। केवल मई के अंत से अक्टूबर प्रारम्भ तक के समय में यह झील देखी जा सकती है। मनाली से भी 51 किलोमीटर आगे जाकर रोहतांग एवं करीब चौदह किलोमीटर आगे ग्राम्फू है और ग्राम्फू से चंद्रताल करीब पचास किलोमीटर दूर है। मनाली से होते हुए आगे 6-7 घंटे का सफर करके ही यहाँ पहुँचा जा सकता था। उन्हें मनाली सरकारी विश्रामगृह के चौकीदार ने बताया कि 'जो लोग चन्द्रताल जाना चाहें उन्हें मनाली से चलने से पहले ईंधन, वाहन की मुरम्मत आदि व खाने-पीने के सामान का पूरा इंतजाम कर लेना चाहिए, क्योंकि रोहतांग दर्रे के आगे लगभग लगभग बिलकुल ही निर्जन क्षेत्र है।'

"यह दर्रा क्या होता है पापा?" स्मित ने बड़े भोलेपन से पूछा तो सब की हँसी छूट गई पर कनु और उर्मिला ने तुरन्त मुँह दूसरी तरफ घुमा लिया ताकि स्मित झेंप कर रोने ही न लग जाए। राजन और रमण

ने भी हँसी दबा ली पर राजन ने तुरन्त ही मौका सँभालते हुए कहा, "दर्रा बेटा उस रास्ते को कहा जाता है, जो दो पहाड़ों के बीच बड़ी तंग जगह पर होता है। हिमालय में ऐसे बहुत से दर्रे हैं। पहाड़ी भाषा में इसे 'ला' कहते हैं, जैसे 'शिपकी ला' कुंजम ला, वगैरह। इन दर्रों को पार करने पर फिर से बड़ा रास्ता मिलता है। आई बात समझ में?"

"जी, आ गई।" स्मित ने सिर हिला कर हामी भरी।

मनाली विश्रामगृह के चौकीदार से सुबह इन यात्रियों को यह भी पता चला कि मुख्य सड़क छतड़ू, छोटा दड़ा होते हुए बातल नाम की जगह तक है। बातल से वाहन योग्य एक सड़क भी है, जिससे चंद्रताल 14 कि.मी. की दूरी पर है, किंतु अगस्त महीने से पहले इस सड़क की हालत प्राय: खराब ही होती है। बातल में कुल दो ही इमारतें हैं जिनमें से एक है एच.पी.पी. डब्ल्यू.डी. का विश्राम गृह और दूसरा है, 40 साल पुराना चंद्रा ढाबा, जो अपने आप में एक अद्‌भुत स्थान है। अद्‌भुत इसलिए कि इस ढाबे को मात्र दो लोग मिलकर चला रहे हैं। ये पति-पत्नि न जाने कब से यहीं रहते हैं। कठिन जाड़े और बर्फबारी में इस दम्पति ने पिछले लगभग पचास सालों में सैकड़ों लोगों की जान बचाई है। जिसके लिए उन्हें कई सम्मान भी दिए गए हैं। यात्री इन्हें प्यार से चाचा-चाची कह कर पुकारते हैं। यदि यह कहा जाए कि चंद्रताल तक पहुँचना इस ढाबे की मौजूदगी के कारण ही संभव है तो गलत नहीं होगा, क्योंकि इसके अतिरिक्त यहाँ पर दूर-दूर तक कोई इंसानी बस्ती नहीं है, बाकी सुविधाओं का तो कहना ही क्या।

अब समस्या यह थी कि यह 6/7 घंटे का पैदल सफर बच्चे और औरतें नहीं कर सकते थे। चलो! एक बार को औरतें हिम्मत कर भी लें पर बच्चे?

"हम चलेंगे पैदल, हम चलेंगे।" का शोर मचा तो राजन ने उन्हें जोर से घुड़क दिया, "चुप रहो। अभी तो सब कह रहे हैं चलने को पर मुझे पता है, आधा किलोमीटर भी नहीं चल पाओगे। कहाँ हुआ सोलह-सत्रह किलोमीटर! बेमतलब शोर मचा रखा है। घर से एक किलोमीटर पर तुम्हारा स्कूल है वह भी सीधी सड़क से। कभी गए

हो पैदल? उसके लिए तो बस लगाई है और पहाड़ के ऊबड़-खाबड़ रास्ते पर चलेंगे ये। वह भी 51 किलोमीटर, वाह रे मेरे मिट्टी के शेरो।" बच्चे सहम कर चुप लगा गए।

"फिर पापा! हम को चन्द्रताल का पता कैसे चलेगा?" श्रेया ही बोली। चन्द्रताल न देख पाने के कारण सभी बच्चे उदास लग रहे थे। तभी चौकीदार ने रात का खाना लगा दिया। बच्चों को उदास देख कर वह नन्हें सृजन के पास आया और बड़े प्यार से उससे पूछने लगा,

"क्या हुआ बाबू जी?"

"हम चन्द्रताल नहीं जा सकते चौकीदार अंकल? पापा कहते हैं, पैदल चलना पड़ेगा और बहुत दूर है।"

"हाँ बाबू जी, बहुत चलना पड़ेगा।"

"अच्छा! फिर हम चन्द्रताल तो नहीं देख सकते न!" सृजन की रोनी सूरत देख कर चौकीदार को हँसी आ गई।

"आप खाना खा लो। फिर बात करेंगे। हम दिखाते हैं न आपको चन्द्रताल। आप परेशान क्यों हैं?"

"क्या करोगे चौकीदार भैया? क्या कुछ फोटो वगैरह हैं आपके पास?" उर्मिला ने पूछा।

"मेरे पास सीडी है, आप लोग खाना खाकर हॉल में आ जाएँ। मैं तब तक सीडी निकाल लाऊँगा।" कह कर चौकीदार सब्जी का डोंगा लेकर सब्जी लेने चला गया। अब तो सभी बच्चों का उत्साह देखने लायक था। सब एक दूसरे को जल्दी भोजन निपटाने को उकसा रहे थे।

"अरे ऐसा भी क्या, खाना तो आराम से खाओ। वरना हम हॉल में नहीं जाएँगे।" राजन ने धमकी दी तो सारे बच्चे आराम से भोजन करने लगे। जब तक उन लोगों ने हॉल में सीटें सँभालीं चौकीदार ने सीडी लगाकर चालू कर दी। खूबसूरत पहाड़ों की खूबसूरत फिल्म शुरू हो गई।

उद्घोषक महोदय जंगल के किनारे हाथ में माइक लिए खड़े कह रहे थे, "दोस्तो! मेरा नाम अमित उनियाल है और मेरे साथ हैं शिवम्।" सबने देखा, एक दूसरा व्यक्ति कैमरा लिए खड़ा था। उद्घोषक अमित फिर बोलने लगा,

"आज हम आपको चंद्रताल ले चलते हैं जो ग्राम्फू ले से करीब पचास किलोमीटर दूर है। मित्रो! आप जानते हैं, मनाली हिमाचल का एक अति प्रसिद्ध पर्यटन स्थल है। मनाली से रोहतांग पास होते हुए 7–8 घंटे का सफर करके ही यहाँ पहुँचा जा सकता है। अब आप हमारे साथ इस सड़क से यात्रा के लिए चल सकते हैं, पर रोहतांग पास के आगे बिलकुल ही निर्जन क्षेत्र है रास्ते में आप लोग बोर न हों इसलिए कुछ बातचीत करते चलें? हाँ, आगे जाने के लिए जीप में हमें ईंधन भी भरवा लेना है।" कहकर उद्घोषक ने जीप एक पैट्रोल पंप पर रुकवा दी। ईंधन लेने के बाद वह ड्राइवर के साथ वाली सीट पर जा बैठा। माइक तो उसके हाथ में ही था, वह फिर बोला,

"मित्रो! आसरंग वह जगह है जहाँ से कोल्ड एंड ड्राई जोन शुरू होती है। आइए आपको बताते चलें, इस जगह पर आने-जाने वाले हर यात्री, गाड़ी आदि का पूरा ब्योरा दर्ज किया जाता है। इसके बाद यही प्रक्रिया कुछ दूर जंगी नामक स्थान पर दोहराई जाती है। सीमावर्ती क्षेत्र होने के कारण सुरक्षा की दृष्टि से यह सब किया जाता है। हाँ! इस ओर चन्द्रताल के अतिरिक्त और भी कुछ झीलें हैं, परन्तु चन्द्रताल बहुत ही सुन्दर झील है।"

"ये जीप के टायरों पर इतने मोटी जंजीरें क्यों बंधी हैं?" उर्मिला ने चौकीदार से पूछा।

"ये जंजीरें बर्फ पर से गाड़ियों को फिसलने से बचाती हैं, मैडम जी।" चौकीदार ने जवाब दिया, "देखिए शुरू हो गया रोहतांग पास।" क्योंकि सब चौकीदार की बात सुनने लगे थे, चौंक कर देखा सड़क के दोनों तरफ ऊँचे पहाड़ सीना ताने खड़े थे।

पूरी सड़क बर्फ के कारण सफेद चादर-सी लग रही थी। पूरा पहाड़ इसी दूधिया चादर से ढका हुआ था। अब जीप उन दोनों पहाड़ों के बीच बनी सड़क से जा रही थी। सिवाय जीप और उद्घोषक के और कुछ भी दिखाई ही नहीं दे रहा था। बड़ी देर में तंग रास्ता खत्म हुआ। उद्घोषक अमित उनियाल माइक हाथ में पकड़े बोलता जा रहा था और जीप सड़क पर दौड़ रही थी। पूरे रास्ते में एक भी पेड़-पौधा नजर नहीं आ रहा था। जीप बर्फ से पूरी ढकी या यूँ कहें कि बर्फ

की ही सड़क पर दौड़ रही थी या रेंग रही थी पता नहीं चल रहा था। अमित उनियाल कह रहा था,

"रोहतांग दर्रा पार करने के बाद पहला गाँव ग्राम्फू है जहाँ से एक रास्ता लद्दाख की ओर चला जाता है तथा दूसरा लाहौल स्पीति की ओर। मित्रो, आपको बताते चलें कि भारत-तिब्बत सीमा पर एक पारछू नाम की झील है। चीन की पारछू नदी की बाढ़ का पानी इस झील से भारत में आकर सतलुज में मिलता है इसी कारण कई बार सतलुज में प्रलयंकारी बाढ़ आती है। खाब नाम की जगह में एक और विद्युत परियोजना स्थापित की गई है। खाब से आगे नाको नाम की झील विदेशी सैलानियों की भी पसंदीदा जगह है। नाको झील शीत मरुस्थलीय क्षेत्र जिला किन्नौर के 3,660 मीटर की ऊँचाई पर स्थित है। गर्मियों में हजारों देशी व विदेशी पर्यटक इस झील तक पहुँच कर यहाँ की शांत आबोहवा में अपनी थकान मिटा कर सुकून महसूस करते हैं।

खाब से करीब चौदह किलोमीटर दूर नाम्गिया नामक गाँव है। यहाँ पर ही भारत तिब्बत सीमा रिजर्व पुलिस की चौकी है। यहाँ से बारह चौदह किलोमीटर दूर भारत तिब्बत सीमा पर अवस्थित शिपकी-ला दर्रा सदियों तक भारत तिब्बत व्यापार का इकलौता मार्ग रहा है।" बच्चे टकटकी लगाए इस खूबसूरत और वीरान सड़क को देख रहे थे और बड़े ध्यान से उद्घोषक को सुन रहे थे जो बीच-बीच में कहीं गाड़ी रुकवाकर सड़क के चारों तरफ के वातावरण को दिखाता और फिर कूदकर जीप में जा बैठता। सड़क के एक तरफ ऊँचे पहाड़ और दूसरी ओर भयानक ढलान देखकर कभी-कभी तो सब डर जाते,

"पापा! हम जहाँ से आए हैं वह रास्ता भी इतना ही खराब था क्या?" श्रेया ने झुरझुरी लेते हुए पूछा तो उर्मिला झट बोल उठी, "नहीं। पर इधर है इसीलिए हम तुम लोगों को लेकर नहीं गए। अब बोलो, ठीक हुआ या गलत?" उसे भय हुआ कि अभी तो बहुत सफर बाकी है, कहीं बच्चे डर गए तो मुश्किल हो जाएगी।

तभी उद्घोषक ने फिर से जीप रुकवाई और नीचे उतर कर एक बड़े-से पत्थर पर बैठ गया। उन लोगों ने खूब मोटे-मोटे जैकेट आदि

पहन रखे थे। अब सबने देखा, जहाँ वह बैठा था उस पत्थर के दूसरी तरफ बहुत ही सुन्दर झील लहरा रही थी।

"वाओ!" एक समवेत स्वर उठा। दूर-दूर तक पानी ही पानी दिखाई दे रहा था। सबके मुँह खुले के खुले रह गए, इतनी अद्‌भुत सुन्दरता! "वाह!" अब जीप का चालक भी उतरकर खड़ा हो गया पर जीप बराबर घुरघुरा रही थी। उद्‌घोषक फिर बोलने लगा,

"दोस्तो! आप देख रहे हैं हमें बहुत सर्दी लग रही है। हम यहाँ ज्यादा देर तक नहीं रह सकते वर्ना हमारी जीप के बंद होने का खतरा है। जी भर कर देखिए चंद्रताल! इस समय हम हिमालय पर लगभग 4,300-मीटर (14,000 फुट) की ऊँचाई पर हैं, उत्तर भारतीय राज्य हिमाचल प्रदेश के लाहौल-स्पीति जिले में। हम आप को बताते चलें कि लाहौल व स्पीति घाटियों की सीमा पर कुंजम पास (दर्रे) के निकट स्थित इसी चंद्रताल से चंद्र नदी का उद्‌गम होता है और सूरज ताल से भागा नदी का। लाहौल स्पीति के जिला मुख्यालय केलांग से 7 कि.मी. दूर, पत्तन घाटी के टाण्डी गाँव के पास दोनों मिल कर चंद्रभागा नदी का रूप ले लेती हैं जो कि जम्मू-कश्मीर में जाकर चेनाब कहलाने लगती हैं। जलवायु वर्गीकरण मानकों के अनुसार अतिशीत जलवायु वाला यह स्थान रामसर आर्द्रभूमि के रूप में वर्गीकृत है।

यहाँ पहुँचने का दूसरा रास्ता कुंजम पास (दर्रे) से होकर जाता है सड़क मार्ग केवल कुंजम ला (दर्रा) तक ही जाता है। आगे केवल पैदल ही रास्ता लगभग 8 कि.मी. (5.0 मील) है। यह जगह 14,000 फीट ऊँचाई पर है, वह देखिए बोर्ड पर लिखा है।" सब लोगों ने देखा, वाकई वहाँ एक तरफ लगे बोर्ड पर चन्द्रताल का पूरा विवरण लिखा था, जिसे कैमरामैन बहुत नजदीक से दिखा रहा था।

अचानक सबने देखा, झील छोटी होने लगी। उद्‌घोषक अब झील के किनारे घूम-घूम कर अलग-अलग कोणों से झील को कैमरे में कैद कर रहा था और कह रहा था, "देखा आपने? झील का पूरा आकार चाँद जैसा है। इसके इसी चंद्रमा जैसे आकार के कारण इसका चन्द्रताल नाम पड़ा है। लाहौल-स्पीति जिले के लाहौल क्षेत्र में स्थित

यह दुर्गम झील ट्रेकिंग व कैंपिंग जैसी रुचि वाले साहसी पर्यटकों में अति प्रसिद्ध है।

मित्रो चन्द्रताल का व्यास लगभग 2.5 कि.मी. है तथा झील के चारों ओर आप देख रहे हैं, ये विशाल मैदान है, जो कि गर्मी के मौसम में कई प्रकार की वनस्पति व जंगली फूलों से भर जाता है। चरवाहे इसे चरागाहों के रूप में प्रयोग करते हैं और पर्यटक कैंप लगाने के लिए। झील के बीचों बीच यह जो टापू दिखाई दे रहा है, इसे समुद्र टापू कहा जाता है।" वह थोड़ा दम लेने के लिए रुका फिर पहले की तरह बोलने लगा,

"आश्चर्य की बात यह भी है कि इस झील में पानी के आने का कोई स्रोत दिखाई नहीं पड़ता जबकि निकलने का रास्ता स्पष्ट है। इसका अर्थ यह लगाया जा सकता है कि पानी का स्रोत झील में धरती के नीचे से ही है। चंद्रताल से 30 कि.मी. (19 मील) की दूरी पर सूरज ताल भी दर्शनीय है। तो मित्रो! अब अमित उनियाल को विदा दीजिए, फिर मिलेंगे। जय हिन्द।" इसके साथ ही सीडी समाप्त हो गई और सब लोग विश्राम करने के लिए उठ खड़े हुए।

"क्यों बच्चो! आया न फिल्म देखने का मजा?" राजन ने पूछा तो सबने सिर हिला दिए।

"वाकई बहुत ही बढ़िया सीडी बनाई है किसी ने।" कनु ने चौकीदार की तरफ देखते हुए कहा, "किसने बनाई है चौकीदार जी, यह सीडी?"

"मैडम जी! यह तो टूरिज्म ने बनाई है। आप चाहें तो यह आप को मिल जाएगी टूरिज्म के दफ्तर से।"

"हाँ पापा हम भी खरीदकर ले जाएँगे अपने दोस्तों को दिखाने के लिए।" वंदना ने मुँह खोला।

"ठीक है ले लेंगे। चलो बहुत देर हो गई है अब सो जाओ सब।" रमण ने हाल से बाहर निकलते हुए कहा।

दो दिन इस यात्रीदल ने मनाली में आराम किया। पूरा मनाली घूमने के बाद अब अगला पड़ाव कुल्लू था।

●●●

मनाली से क्योंकि कुल्लू ज्यादा दूर नहीं था इसलिए इस दल को कुछ जल्दी भी नहीं थी। आराम से नाश्ते के बाद ही सब लोग गाड़ी में सीटें सँभालने लगे। विशाल हिमालय की सबसे शानदार घाटियों में से एक है। यह आकर्षक कुल्लू घाटी व्यास नदी के दोनों ओर फैली है।

मनाली से निकलकर जब इस यात्रीदल की सूमो सड़क पर दौड़ रही थी तो सूमो के चालक अनिल ने पूछ लिया, "बाबू जी! पहले मनीकरण चलें या सीधे कुल्लू चलें?"

"वहाँ क्या है?" उर्मिला ने पूछा।

"गर्म पानी के चश्मे हैं मैडम जी।" अनिल ने जवाब दिया।

"हाँ....हाँ, चलो देखते हैं, कैसे होते हैं चश्मे?" श्रेया और वंदना एक साथ बोल पड़ीं।

"चश्मे, गर्म पानी के कैसे होते हैं अंकल?" सृजन हैरान था, चश्मा तो मम्मी-पापा और अंकल भी लगाते हैं।" सब हँसने लगे तो सृजन झेंप गया।

"नहीं बेटा, वो वाले चश्में नहीं जो हम लगाते हैं।" राजन ने सृजन की पीठ पर हाथ रखते हुए कहा, "ये पानी के सोते होते हैं। पहाड़ों से पानी निकलता तो तुम अब तक कई जगह पर देख चुके हो न? बस कुछ वैसा ही समझ लो।"

"पर वे तो आप झरने कह रहे थे।" सृजन ने फिर पूछा।

"हाँ बेटा। चश्में और झरने में फर्क होता है। झरना ऊँचाई से गिरते पानी को कहते हैं और चश्मा जमीन के अन्दर से निकलते पानी को कहते हैं। पता नहीं चलता पानी कहाँ से आया, समझ गए?" सृजन कुछ समझने और कुछ न समझने वाले के हिसाब से आँखें घुमाता रहा। सूमो अपनी गति से चलती रही और रास्ता कम होता रहा। फिर सड़क के दोनों तरफ लगे सेब के बागों को देखते हुए यात्रीदल मणिकरण पहुँच गया।

"यहाँ गर्म पानी के बड़े-बड़े हौज हैं सर, इनमें दिनभर लोग नहाते रहते हैं। आप भी नहाना चाहें तो बतायें।" अनिल ने कहा तो कनू बोली नहाना तो चाहिए ही। इस पानी में गंधक होती है जो बहुत से

चमड़ी के रोग दूर करती है। वैज्ञानिकों का कहना है कि यहाँ के पानी में रेडियम है।"

"और क्या है यहाँ?" उर्मिला ने पूछा।

"जी मैडम जी। यहाँ गुरुद्वारा भी है और शिव मन्दिर भी। शिव-पार्वती की कथा भी इस मन्दिर से जुड़ी है। कहा जाता है कि माँ पावर्ती के कान के जेवर से मणि इस कुण्ड में गिर गई थी, इसीलिए इसे मणिकर्ण कहा जाता है।" वह दम लेने के लिए रुका। फिर कहने लगा, "साहब! पता नहीं आप लोग जानते हैं या नहीं, यहाँ खरगोश भी बहुत बड़ी संख्या में पाले जाते हैं।"

"खरगोश.....? कहाँ हैं खरगोश?" सृजन चहका।

"वो......जो बड़ा-सा घर देख रहे हैं न?" उसने एक तरफ को इशारा किया, वह बहुत बड़ा फार्म है। वहाँ खरगोश की ऊन से शॉलें भी बनती हैं। सुना है ये शॉलें बहुत गर्म होती हैं।"

"क्या कह रहे हो अंकल?" वंदना हँसने लगी। "खरगोश की ऊन!"

"हाँ बेबी! इन खरगोशों के बदन पर बहुत लम्बे बाल होते हैं। जो कई बार काटे जाते हैं पर बहुत सावधानी से काटने पड़ते हैं क्योंकि खरगोश का चमड़ा बहुत नर्म होता है, जरा-सी भी खरोंच लग जाने से खरगोश मर जाता है। इसलिए यह कारोबार ज्यादा नहीं फैलता, क्योंकि नुकसान ज्यादा होता है।"

"यह कौन-सी नदी है अनिल?" अचानक ही कनू ने देखा, एक साफ-सुथरे जल से लबालब भरी नदी, कुछ खेतों के फासले पर बह रही थी। कलकल-छलछल करती हुई।

"जी मैडम जी! यह पार्वती नदी है। पर इतनी तेज धार है कि बड़े-बड़े तैराक भी इसमें उतरने की हिम्मत नहीं करते। पानी तो इतना ठंडा कि हाथ लगाते ही जमने लगें। इन गर्म चश्मों का पानी इसी नदी में मिल जाता है। यह मणिकर्ण और कुल्लू के साथ ही चलती है। यहाँ गुरुद्वारे में ठहरने के लिए कमरे भी मिलते हैं, पर अब आप पहले जलकुण्ड देख लें। फिर आगे चलेंगे।"

"आप को यह जानकर हैरानी होगी कि मणिकर्ण के बाजार में

भी गर्म पानी की आपूर्ति की जाती है, जिसके लिए पाइप भी बिछाए गए हैं। बहुत से रेस्त्राओं और होटलों में यही गर्म पानी मिलता है।" चलते-चलते अनिल फिर बोलने लगा तो राजन से नहीं रहा गया,

"यार अनिल! तुम तो बहुत अच्छे गाइड हो यार। छोड़ो ये टैक्सी-वैक्सी चलाना। अच्छा पैसा कमाओगे।" अनिल हँस दिया

"बाबू जी! शिमला में माँ-बाबू जी हैं, बीवी-बच्चे हैं। इसी से गुजारे लायक कमा लेता हूँ। इस तरह ज्ञान भी ज्यादा बढ़ता है। आप जैसे लोगों से बहुत कुछ सीखने को मिलता है।"

रमण का ध्यान दूसरी तरफ था, उसने सड़क के किनारे लगे बोर्ड को पढ़कर सुनाया, "ऊँचाई-समुद्र तल से छह हजार फुट। तो इसका मतलब है कि यहाँ बर्फ भी खूब पड़ती होगी? और ये तिब्बती तो यहाँ खूब बसे हुए हैं।" उसने अनिल की तरफ देखा।

"जी हाँ। बर्फ भी खूब पड़ती है।" अनिल ने उत्तर दिया। "और यहाँ के कारोबारी इलाकों में इन तिब्बती लोगों का बड़ा हाथ है। आपने देखा ही है, किन्नौर में कितने बौद्ध मन्दिर थे। यहाँ भी हैं।"

सूमो एक दुकान के सामने खड़ी करके वे लोग उतर कर अनिल के दिशा निर्देश में एक बड़ी-सी इमारत में प्रवेश कर गए। जिसके मुख्य द्वार से लोग आ-जा रहे थे। लगभग सब के हाथों में कपड़े थे। जो बाहर आ रहे थे उनके हाथ में गीले कपड़े होने से पता चल रहा था कि वे नहाकर लौटे हैं।

भीतर बड़े-बड़े कमरों में स्त्रियों और पुरुषों के लिए अलग-अलग व्यवस्था थी। एक कमरे में महिलाओं के लिए प्रबंध था और दूसरे में पुरुषों के लिए। बड़े से हालनुमा कमरे में गर्म भाप उठ रही थी, जिस के कारण कमरा गर्म था, फिर भी गर्मी नहीं लग रही थी। जूते बाहर ही उतारकर सब लोग भीतर आए थे। भीतर पूरे कमरे का फर्श गीला था। इतने बड़े हौज में गर्म पानी। जिसमें कई लोग एक साथ नहा रहे थे। वाह!

ये लोग नहाने का मन बनाकर नहीं आए थे, इसलिए पानी को छूकर देखा। हाथ मुँह धोए। वाकई पानी बहुत गर्म था पर नहाने वाले बड़े आराम से नहा रहे थे। थोड़ी देर बाद बाहर आकर इन लोगों ने दुकान वाले को चाय का आर्डर दिया। उसने सूमो खड़ी करने की

सहमति जो दी थी अपनी दुकान के सामने। अनिल ने बताया,

"सर जी! यहाँ पर तो इन्हीं गर्म चश्मों में गुरुद्वारे के लंगर के लिए बड़े-बड़े बर्तनों में चाय बनती है, दाल व चावल पकते हैं। यात्रियों के लिए सफेद कपड़े की पोटलियों में चावल डालकर धागे से बाँध कर बेचे जाते हैं।"

"ऐसा क्या?" राजन ने पूछा

"जी सर! ये चाय भी आपके लिए वहीं से बनकर आई है।" दुकानदार ने भी बात-चीत में हिस्सा लेते हुए कहा। "इस पानी की चाय बनाई जाए तो आम पानी की चाय से आधी चीनी डालकर भी दो गुना मीठी हो जाती है।"

"तब तो आप लोगों की कमाई चार गुनी हो गई, गैस का खर्च नहीं और चीनी भी आधी लगी। वाह भई मजे हैं न?" उर्मिला ने हँसते हुए कहा, "तब तो आप लोगों को चाय आधे रेट पर देनी चाहिए न, क्यों?"

"यहाँ के गर्म गंधक जल का तापमान हर मौसम में एक समान ९४ डिग्री सेल्सियस रहता है। मैडम जी।" अनिल ने उनका ध्यान हटाने के लिए बात का सिरा पकड़ा। "यहाँ गुरुद्वारा गुरु नानकदेव की यात्रा की याद में बना था। सिक्ख मत की पुस्तक 'जनम साखी' और ज्ञानी ज्ञानसिंह द्वारा लिखी तवारीख गुरु खालसा में लिखा है कि गुरु नानक ने भाई बाला और मरदाना के साथ यहाँ की यात्रा की थी। यहाँ दोनों समय लंगर चलता रहता है।"

"और भी बताओ अनिल अंकल।" श्रेया बोली। अब तक सब लोग चाय पी कर उठ खड़े हुए। राजन ने चाय वाले को पूरे पैसे दिए और सब लोग बात करते हुए गाड़ी में जा बैठे।

"कहते हैं कि महाप्रलय के विनाश के बाद, मनु ने यहीं से मानव-समाज की रचना की थी। यहाँ रघुनाथ मंदिर है। कुल्लू के राजा ने अयोध्या से भगवान राम की मूर्ति लाकर यहाँ स्थापित की थी। पर बेबी! आप लोग इतनी बातें क्या याद रख सकेंगे?"

"हम सब अपनी डायरियों में लिख रहे हैं।" जवाब वंदना ने दिया।

"पर अनिल! और भी तो होंगे गर्म पानी के चश्मे कि बस यहीं हैं?" कनू ने पूछा।

"जी मैडम जी! यहाँ से लगभग 25 कि.मी. दूर, दस हजार फुट से अधिक की ऊँचाई पर स्थित खीरगंगा भी गर्म जल सोतों के लिए जानी जाती हैं। इसके अलावा तत्तापानी में भी हैं गर्म पानी के चश्में। बल्कि उस जगह का नाम ही इस पानी की वजह से मशहूर है।

यहाँ से आधा कि.मी. दूर ब्रह्म गंगा है जहाँ पार्वती नदी व ब्रह्म गंगा मिलती हैं। 5 कि.मी. दूर राकसट में रूप गंगा बहती है। यहाँ पर चाँदी को रूप भी कहते हैं।" थोड़ा रुककर अनिल ने फिर बताया, "सर! एक और बात बताएँ, यहाँ एक गाँव है मलाणा। वहाँ कोई बाहर का आदमी नहीं जा सकता। न ही कोई सरकारी कानून माना जाता है। न कोर्ट, न कचहरी। बस वहाँ के देवता ही वहाँ के फैसले करते हैं।"

"ऐसा कैसे हो सकता है?" उर्मिला बोली।

"होता है, मैंने भी कहीं पढ़ा था।" कनू ने बताया।

"मैडम जी! यह कुल्लू घाटी है। अजब-गजब, सुंदर ही नहीं बहुत बड़ी भी है। कुल्लू शहर तो एक हजार एक सौ तीस मीटर की ऊँचाई पर है।" अनिल फिर बोल पड़ा।

"चलो! अब कुल्लू ही तो देखना है।" उर्मिला बोली। अनिल उर्मिला और कनू के साथ थोड़ा आगे निकल आया था। बाकी लोग इधर-उधर की सुन्दरता को देख रहे थे।

मणिकरण से कुल 43 किलोमीटर की दूरी तय करने पर यह काफला कुल्लू पहुँच गया था। यहाँ पर लेखक आवास में दो कमरे इन लोगों के लिए सुरक्षित थे। यह लेखक गृह सांसद राजा माहेश्वरसिंह के राजमहल के बाहरी भाग में बना है। तंग बाजारों में कुल्लू की सबसे बड़ी विशेषता स्थानीय हस्तशिल्प और बड़ा-सा चौगान देखने के बाद 17वीं शताब्दी में राजा जगत सिंह का बनाया रघुनाथजी मंदिर देखा गया। पुजारी ने इन्हें बताया कि

"एक बार राजा जगत सिंह से एक भयंकर भूल हो गई थी। उस गलती का प्रायश्चित करने के लिए उन्होंने इस मंदिर का निर्माण करवाया था। आप लोगों ने देखा, यहाँ श्री रघुनाथ अपने रथ पर विराजमान हैं। यह प्रतिमा राजा जगत सिंह ने अयोध्या से मंगवाई थी।"

"यही बात तो मैं तब से सोच रही थी क्योंकि ऐसी मूर्ति तो पूरे

भारत में और कहीं नहीं है। वरना कहीं तो उसकी चर्चा होती थी। हाँ बस श्रृंगवेरपुर में है पर वहाँ तो इसलिए है कि वनवास के समय राम–सीता लक्ष्मण ने वहाँ पर अपना रथ छोड़ा था और आगे पैदल ही जंगल में गए थे।" उर्मिला ने कहा, "मैं पूछने ही वाली थी कि आपने बता दिया। धन्यवाद।"

"शायद आप लोग जानते हों, कुल्लू का दशहरा पूरे देश में प्रसिद्ध है। इसकी खासियत यह है कि जब पूरे देश में दशहरा खत्म हो जाता है तब यहाँ उत्सव शुरू होता है। सात दिनों तक चलने वाला यह उत्सव हिमाचल के लोगों की संस्कृति और धार्मिक आस्था का प्रतीक है। देश के बाकी हिस्सों की तरह दशहरा रावण, मेघनाथ और कुंभकर्ण के पुतलों का दहन करके नहीं मनाया जाता। उत्सव के दौरान भगवान रघुनाथ जी की रथयात्रा निकाली जाती है। यहाँ के लोगों का मानना है कि करीब 1000 देवी–देवता इस अवसर पर पृथ्वी पर आकर इसमें शामिल होते हैं।" पुजारी ने कहा,

"एक हजार देवी–देवता?" वंदना ने आश्चर्य दिखाया, "पर मम्मी, आप तो कहते थे कि तैंतीस करोड़ गलत है। यहाँ करोड़ नहीं कोटि है। कोटि का अर्थ प्रकार होता है। यानी 33 प्रकार के देवता। पानी के, आग के, धूप और दूसरी ऐसी ही चीजों के। फिर ये हजार कैसे हो गए?"

"तुम्हारी माँ ने तुम्हें सही बताया है।" पुजारी जी फिर बोल पड़े, "दरअसल ये लोक देवता होते हैं।"

"मतलब...?"

"मतलब ये बेटा, पहाड़ में ये रिवाज रहा है कि जो राजा या कोई और आदमी समाज के भले के लिए काम करता है, उसे देवता मान लिया जाता है। जैसे बहुत सारी जगहों पर अर्जुन और भीम को देवता माना जाता है। जैसे मनाली की हिडिम्बा देवी है। आई समझ में।"

"जी समझ गई पुजारी बाबा।" वंदना ने हाँ में सिर हिलाया। तो पुजारी जी फिर कहने लगे,

"क्या आप लोग बिजली महादेव के दर्शन कर आए?"

"वह कहाँ है?" कनू के पूछने पर पुजारी ने बताया, "यहाँ से 24 कि.मी. दूर है। पर मंदिर तक पहुँचने के लिए कठिन चढ़ाई चढ़नी होती

है। वहाँ पर एक, 100 मी. लंबी छड़ी रखी है, इसे ध्वज कहा जाता है। कहा यह जाता है कि बिजली कड़कने पर इस ध्वज में जो तरंगे उठती हैं, वे भगवान का आशीर्वाद होता है, पर हो सकता है यह कोई वैज्ञानिक चमत्कार हो। इस ध्वज पर लगभग हर साल बिजली गिरती है। कभी-कभी मंदिर के अन्दर शिवलिंग पर भी बिजली गिरती है जिस से शिवलिंग खण्डित हो जाता है। हैरानी की बात तो यह है कि पुजारी खण्डित शिवलिंग को मक्खन से जोड़ता है और शिवलिंग फिर सामान्य हो जाता है।"

"चलते हो क्या बिजली महादेव?" राजन ने पूछा तो सब बच्चे हाँ-हाँ करने लगे। दोनों स्त्रियों की भी सहमति थी। पर पुजारी जी ने डरा दिया था कि चढ़ाई बहुत है और समय भी कम रह गया है, तो रमण हँसते हुए बोले,

"यहाँ से दिल्ली के लिए नियमित उड़ानें हैं। हवाई अड्डा भुंतर, सिर्फ 10 किलोमीटर दूर है। टिकट ले लेते हैं और अनिल को छुट्टी दे देते हैं।"

"सोचेंगे। वैसे यह भी सही रहेगा। हमें लौटकर शिमला तो जाना नहीं है।" उर्मिला ने जवाब दिया। "पर आज तो कुल्लू घूम लें।"

"क्यों शॉलों में कमी रह गई है?" रमण का मूड चिढ़ाने वाला था पर औरतें चिढ़ी नहीं उल्टा चिढ़ाने वाले अन्दाज में कनू बोली, "सहेलियाँ भी तो हैं हमारी। उनके लिए कैसे नहीं ले जाएंगे कुछ?"

"करो जी करो हमारा कल्याण। कुछ कसर मत छोड़ना।" रमण ने बड़ी सहजता से जवाब दिया,

"आज खाना गेस्टहाउस में ही बनवा लेते हैं यार। थक गए हैं।"

"हाँ, यही ठीक रहेगा।" सबने समर्थन किया तो इसके बाद यह टोली अपने विश्रामगृह की ओर बढ़ गई। सब लोग थक गए थे। आज का कार्यक्रम बस यहीं रोक दिया गया।

रात को भोजन के बाद हुए विमर्श में यह निर्णय लिया गया कि कल जाकर सचमुच हवाई जहाज के टिकट लिए जाएँ और बच्चों को हवाई यात्रा कराई जाए। महिलाओं ने पूरा दिन आराम करने का विकल्प रखा और बच्चों ने अपनी डायरियों को पूरा करने की योजना बनाई। जो कुछ लिखने से रह गया था, कहीं घर लौटते तक भूल न जाएँ इसलिए लिख लेना आवश्यक है। इसके अलावा जाने की तैयारी

भी करनी थी। बहुत सारा सामान सूमो में बिखरा पड़ा था। हवाई अड्डे से अनिल को भी विदा करना था।

●●●

दूसरे दिन राजन और रमण जब हवाई टिकटें लेकर लौटे तो सब खुशी से नाच उठे।

"दिखाओ पापा हवाई टिकट कैसी होती हैं?"

"ये कोई नहीं पूछ रहा कि लाए कैसे? कैछी होती हैं पूछ रहे हैं।" राजन ने चिढ़ाने वाले अंदाज में कहा।

"क्यों, कैसे लाए का क्या मतलब? गए और काउंटर से टिकट ले ली, बस्स।" कनू बोली तो उर्मिला पुरुषों का पक्ष लेती हुई बोली, "नहीं कनू! मुश्किल तो हुई होगी। सीजन चल रहा है इतने यात्री हैं।" फिर पुरुषों की तरफ घूमते हुए बोली, "क्या हुआ? किसी से कहा-सुनी हो गई क्या?" रमण ने सोफे से पीठ टिका कर आँखें बंद कर ली थीं।

"नहीं! ऐसा कुछ नहीं हुआ। भीड़ तो थी ही, पर ये समझो कि भाग्य अच्छा था। हमारे सामने ही कॉलेज के एक ग्रुप ने अपनी सीटें कैंसल करवा दीं। उनकी पूरी बीस सीटें थीं, मैं आगे ही खड़ा था। मेरे पीछे लम्बी लाइन थी। बस मुझे मिल गईं।"

"कब की हैं?" उर्मिला ने पूछा

"चार दिन हैं हमारे पास। अब चार दिन चाहो तो घूमो और चाहो तो कमरे में पड़े-पड़े आराम फरमाओ।"

"कल तो हमें नग्गर जाना है न।"

"कोई बात नहीं सर! नग्गर यहाँ से सिर्फ 22 कि.मी. ही है। आराम से जाएँगे।"

"हाँ, चलो अब चाय पिलवाओ। हो गई पूछताछ।" राजन सोफे पर पसरते हुए बोला, "वो देखो। मास्टर साला सो भी गया। क्या मजे हैं।" पर रमण ने इस बार कोई जवाब नहीं दिया बस मुस्कुराकर रह गया।

दूसरे दिन यह टोली वाटर राफ्टिग देखने चली गई और फिर दिन ढलने के साथ ही नग्गर जा पहुँचे। यहाँ पर पर्यटन विभाग के विश्रामगृह में इनके कमरे पहले से आरक्षित थे, अतः शाम की चाय इस बड़े से विश्रामगृह की गैलरी में बैठकर पी गई।

"स्वेटर निकालो भई। यहाँ सर्दी है।" राजन ने अपने दोनों हाथ रगड़ते हुए कहा तो अनिल बोल पड़ा,

"जी सर! सर्दी तो होगी ही इस पूरी घाटी में। कुल्लू से ज्यादा ऊँचाई पर है नग्गर।"

"कितनी हाइट है यहाँ, तुम्हें पता है?"

"जी हाँ 1600 मीटर है।"

"हाँ तब तो होना ही है। पर अब आराम करना चाहिए।"

अनिल को आराम करने को कहा तो था पर इतने दिनों में वह भी इन सब से इतना घुल-मिल गया था कि वह कहीं गया ही नहीं। वहीं एक तरफ बच्चों के साथ बैठा रहा।

विश्रामगृह की लम्बी-चौड़ी गैलरी बच्चों ने थोड़ी ही देर में पूरी की पूरी देख ली। अब तक दिन भी छिप गया था। बच्चे खिड़कियों से लगे बाहर सामने के पहाड़ों पर जगमगाते घरों को देख रहे थे।

"अनिल अंकल, ये देखिए। कैसे सितारे चमक रहे हैं सामने।" सृजन ने भोलेपन से कहा तो अनिल ने उसे गोद में उठाते हुए कहा,

"सृजन बाबा! ये सितारे नहीं हैं। घर हैं सामने के पहाड़ पर। उन घरों की बिजली ही सितारों जैसी दिखाई दे रही है।"

"पर कितनी सुन्दर है न?" वंदना जैसे अपने आप से बोल रही थी।

"हाँ बेबी! यही पहाड़ों की सुन्दरता तो आप जैसे मुसाफिरों को यहाँ खींच लाती है। वरना कौन आता इतनी दूर?"

"देखो वो नीचे की तरफ कुल्लू दिखाई दे रहा है। कल हम लोग वहाँ थे।"

"यहाँ कमरे कितने बड़े-बड़े हैं न अंकल।" श्रेया बोली थी।

"हैं भी तो सब लकड़ी के।" स्मित भी चुप नहीं रह सका।

"खेलने के लिए बहुत अच्छा है।" यह अमृता थी।

"हाँ! अभी तो रात हो गई है। सुबह उठकर देखना सच में यह महल बहुत ही बड़ा है।"

"महल!" श्रेया चहकी। "महल कैसे? यहाँ महल बहुत हैं अंकल। कुल्लू में भी महल ही था और यहाँ भी।"

"हाँ बेबी! ये महल ही है। असल में कुल्लू तो बहुत बाद में

राजधानी बनाई गई। सबसे पुरानी राजधानी तो जगतसुख है, यह विज नदी के बायीं ओर नग्गर और मनाली के बीच में है। फिर 1400 सालों तक नग्गर ही कुल्लू की राजधानी रहा। बाद में कुल्लू को राजधानी बना दिया गया।" जगतसुख को कभी इंद्रालिका कहा जाता था। महर्षि वशिष्ठ ने अर्जुन को पशुपति अस्त्र पाने के लिए तप करने का परामर्श दिया था और अर्जुन ने इंद्र से अस्त्र पाने के लिए यहीं पर तप किया था। यहाँ छोटा सा गौरीशंकर और संध्या देवी का प्राचीन मंदिर है। वह दम लेने के लिए रुका,

"नग्गर में कुल्लू के राजा सिद्धि सिंह ने एक तीन मंजिला दुर्ग बनवाया। इसके 64 कमरों में से 18 कमरे रानियों के हैं।"

"इतने कमरे......?"

"कौन से कमरे भई.....हमें भी बताओ?" राजन ने दूर से ही हाँक लगाई।

"जी मैं इस महल की बात कर रहा हूँ।"

"यहाँ आकर बैठो। हम तो समझते थे कि हमारे पास एक ही मास्टर है पर....।" राजन ने शरारत से रमण की ओर देखा पर रमण चुप ही रहा।

सब लोग हँसते हुए बड़ों की कुर्सियों के पास जा बैठे। "सर, ये जो 16वीं शताब्दी में बने पत्थर और लकड़ी के आलीशान महल हैं न! आज होटलों में बदल चुके हैं। अब ये हिमाचल पर्यटन निगम की निगरानी में हैं। अंग्रेजों के जमाने तक यह दुर्ग ही था। पर 1846 ई. में सिक्खों के राजा ज्ञानसिंह ने इस सुन्दर दुर्ग को प्रथम अंग्रेज कमिश्नर मेजर हेय को एक गन के बदले में बेच दिया। उस समय दुर्ग की छत स्लेट पत्थरों की थी। अंग्रेजों ने लोहे की चादरों से बदल कर कमरों को गर्म रखने के लिए कमरों में अंगीठियाँ बनाई। यहाँ पर रूसी चित्रकार निकोलस रोएरिक की एक चित्र दीर्घा भी है और विष्णु, त्रिपुरा सुंदरी और भगवान कृष्ण के प्राचीन मंदिर भी हैं। कल देखेंगे।"

"कौन रोरिक, वही तो नहीं जिसने देविका रानी से शादी की थी?" उर्मिला चौंक कर अनिल की तरफ घूम गई।

"जी हाँ वही। उसने तो जंगल-जंगल घूमकर पुरानी मूर्तियाँ भी इकट्ठी की हैं। सुबह देखना, चारों तरफ रोरिक की लाई मूर्तियाँ रक्खी हुई हैं।"

"तब तो रोरिक गैलरी को ही देखने चलेंगे।" अभी तीन दिन हैं हमारे पास।"

"इस महल के सामने रोरिक नाट्यशाला भी है। वहाँ भी बहुत सारी मूर्तियाँ रखी हैं। वहाँ पर नाटक भी होते हैं। इसी समय चौकीदार ने पूछा, "सर खाना यहीं खाएंगे या हॉल में?"

"यहीं ले आओ।" कनू ने कहा तो वह सर हिलाकर चला गया। थोड़ी देर बाद चौकीदार के साथ दो लड़के खाना ले आए। सब बुरी तरह थके हुए थे पर कोई कुछ कह नहीं रहा था। गर्म खाने की गंध ने उनकी भूख बढ़ा दी।

"क्या बनाया है भई?" रमण बड़ी देर बाद बोला।

"साब! सब कुछ पहाड़ी उपज से बनाया है। आपके लिए नया होगा। आपको अच्छा लगेगा।"

"पर है क्या? बहुत बढ़िया खुशबू है।"

"जी, यहाँ के लोकल राजमा और नॉरीनेट चावल हैं। यह चावल देखने में तो मोटा जरूर है पर स्वाद बहुत बढ़िया लगेगा आपको।" चौकीदार बोला।

"और ये सब्जी क्या है? बड़ी अजीब सी है।" कनू बोली।

"साब! इसे लुंगड़ कहते हैं। जंगली सब्जी है।"

"वाओ। श्रेया ने निवाला चबाते हुए कहा, वाकई मम्मी! ये सब्जी तो बड़ी स्वाद है।"

अब तक सब खाना खाने लगे थे। राजन ने बड़ा अजीब-सा मुँह बनाते हुए राजमा मिलाकर चावल का चम्मच मुँह में रखा ही था कि उसकी आँखें चमकने लगीं, "हूँ।" उसने तर्जनी और अंगूठे से बहुत बढ़िया का इशारा किया तो चौकीदार ने झुक कर धन्यवाद कहा।

सच में भोजन बड़ा ही स्वाद था। पर इस स्वाद को कनू की दी हुई जानकारी ने कुछ और भी बढ़ा दिया।

भोजन के बीच ही कनू ने बताया कि वाराहमिहिर की वृहत्त संहिता के अनुसार व्यास नदी की ऊपरी घाटियों में रहने वाली जाति का नाम 'कुलूत' था। इस जाति के राजा पर्वतेश्वर से अर्जुन का युद्ध हुआ। इसी जाति का एक अन्य राजा 'क्षेम धूर्ति' महाभारत के युद्ध में मारा गया।

यहाँ से प्रथम-शताब्दि के कुछ सिक्के भी मिले हैं जिन पर "राजा कोलूतस्य वीर यशस्य" लिखा है। सप्त सिंधु की सात नदियों में से व्यास भी एक नदी रही है। इसे महाभारतकाल में अर्जिका कहा जाता था, जो इसी क्षेत्र में बहती है। इतिहास बताता है कि प्रयाग से आकर वहिंग मणिपाल ने आपस में लड़ने-झगड़ने वाले छोटे-छोटे राणा-ठाकुरों को जीत कर यहाँ पाल वंश की स्थापना की थी। इस वंश के 18 राजाओं ने कुल्लू पर राज्य किया। इसके पश्चात् सिंह वंश के 16 राजाओं में अंतिम राजा जीतसिंह हुआ। 1840 ईस्वी में जीत सिंह को परास्त करके सिक्खों ने कुल्लू की सत्ता पर कब्जा कर लिया। कुल्लू को कुलंथपीठ भी कहा जाता था जिसका अर्थ है, रहने योग्य स्थान का अंत। यानी यहाँ से आगे भारी बर्फबारी और पहाड़ों में रास्ते नहीं होंगे। कठिन परिस्थितियों के कारण शायद रहना कठिन होता होगा।

•••

"वाओ!" सुबह सबसे पहले उर्मिला की नजर महल के आँगन में बने खूबसूरत मन्दिर पर पड़ी।

"क्या है?" रमण ने कमरे के अन्दर से ही पूछा।

"यहाँ आइए न।" उर्मिला के मुँह से निकला पर तब तक तो रमण उसके पीछे ही खड़ा था, "सचमुच सुन्दर है।" उसने समर्थन किया। अभी मन्दिर बंद था पर उसके हल्का पीलापन लिए भूरे रंग के नक्काशीदार लकड़ी के दरवाजे और उसी रंग की दीवारें अद्भुत सौंदर्य की सृष्टि कर रहे थे। दरवाजे सिर्फ पाँच फुट ही ऊँचे थे।

उनकी आवाज सुनकर राजन और कनू भी बाहर निकल आए थे। वे चारों एक साथ बाहर आँगन में फैली सौंदर्य की छटा का बरामदे की खिड़कियों से आनन्द ले रहे थे और पूरे बरामदे में घूमकर चारों तरफ देख रहे थे। अब तक अनिल भी अपने कमरे से बाहर निकल आया था। एक भवन की ओर देखते हुए राजन ने पूछा, "अनिल, ये क्या है?"

"ये ही रोरिक या रोरिख का घर है, वे पहले यहीं रहते थे। आर्ट गैलरी तो बहुत बाद में बनी है। सर! उनकी पहली पत्नी भी बड़ी दिव्य आत्मा थी। उन्हें तो बहुत-सी बातें पहले ही पता चल जाती थीं।

देविकारानी से तो उन्होंने उस रूसी महिला की मृत्यु के बाद शादी की थी। ये देख रहे हैं न आप, इधर-उधर रखी पुरानी मूर्तियाँ? ये सब रोरिक जंगलों से खोजकर लाए थे।"

"चलो, बच्चे उठ गए होंगे।" उर्मिला बोली, "तैयार हो जाते हैं। बच्चों को भी तैयार करना है फिर चलते हैं घूमने।" सब वापस कमरों की तरफ लौटने लगे। तब तक चौकीदार चाय ले आया था।

दस बजे तक सब लोग तैयार होकर होटल से बाहर आ गए। प्रांगण में आकर सब ने जगती पाट नाम के इस छोटे से प्राचीन मन्दिर के दर्शन किए। अब तक मन्दिर खुल चुका था। एक कमरे के इस मन्दिर में मूर्ति की जगह 5/8/6 की घनाभ काली चट्टान रखी थी, जिस पर कुछ फूल-पत्ते चढ़े हुए थे जो बता रहे थे कि इसी शिला का यहाँ पूजन होता है।

पहाड़ी शैली के इस मन्दिर में लगी लकड़ी पर किया गया सुन्दर नक्काशी का काम देखते ही बनता है। मन्दिर के बाहर ही दायीं ओर एक बड़े से शिलालेख पर इस भवन का इतिहास लिखा गया है। यह भी लिखा था कि इस शिला के चारों ओर मन्दिर का निर्माण 1996 ईस्वी में कराया गया। सिंहवंश में हुए राजा सिद्धि सिंह द्वारा (1500-1540 ई.) इस तीन मंजिला दुर्ग के बनने, रानियों के 18 कमरे और दुर्ग में प्रयोग किए गए पत्थरों को व्यास नदी के दाहिने किनारे पर "बड़ाग्रां गढ़ ढेक" से एक लम्बी मानव श्रृंखला बनाकर पहाड़ की इस ऊँची चोटी पर पहुँचाने की घटना भी लिखी है। 1846 ई. में सिक्खों के राजा ज्ञानसिंह द्वारा दुर्ग अंग्रेज कमिश्नर मेजर हे को एक गन के बदले में बेचना भी लिखा है। जिसे पढ़कर सब का मन क्षोभ से भर गया।

अब नग्गर कैसल नाम के इस होटल के धरातल पर बने कमरों में बना संग्रहालय देखने के बाद आँगन में बहुत सी खण्डित-अखण्डित मूर्तियाँ यत्र-तत्र रखी हुई देख कर सब पुराने जमाने की कला की प्रशंसा करने से खुद को नहीं रोक पा रहे थे। दुर्ग से थोड़ी ही दूर ढलान पर पूर्व दिशा में शिखर-शैली का प्राचीन विष्णु मन्दिर कला के इन अभूतपूर्व उदाहरणों सहित कुल्लू के राजाओं की कला के प्रति रुचि और धर्म निष्ठा का इतिहास बता रहा था। दुर्ग से दस कदम की ही

दूरी पर चढ़ाई की दिशा में रोरिख कलादीर्घा में हमारे यात्रीदल ने टिकट लिया। रोरिख कला दीर्घा और कौतुकालय का एक ही टिकट है। यहाँ रोरिख के चित्रों की प्रतिलिपियाँ और उनका साहित्य भी बेचा जाता है। रोरिख की लिखी कविताओं का डॉ. वरयाम सिंह द्वारा किया गया हिन्दी अनुवाद भी उपलब्ध था जिसे इन लोगों ने भी खरीदा। इस कौतुकालय में हिमाचल के विभिन्न भागों के परिधान, मुखौटे, गुड़ियाँ, कठपुतलियाँ, बर्तन एवं रोरिख कालीन अन्य चित्रकारों के बनाए चित्र भी देखे।

यहीं इनको पता चला कि रूसी मूल के अमर कलाकार निकोलाई रोरिख ने इस भवन को मण्डी के राजा से खरीदा और अपनी साधना स्थली बनाया। वह आजीवन सपरिवार इसी भवन में रहे। उस महान कलाकार के दिवंगत हो जाने के बाद उनके उत्तराधिकारी रूस लौट गए। वर्तमान में रोरिख के बनाये 45 चित्र और उनकी जंगलों से एकत्र की गई शिलाओं पर उत्कीर्ण ढेरों मूर्तियाँ आपको यहाँ मिल जाएंगी। रोरिख के भवन के प्रांगण में ही एक अति-प्राचीन मन्दिर भी मौजूद है जो अब रूस देश की सम्पत्ति है। यहाँ अब भी रूस के प्रतिनिधि व्यवस्था करते हैं। नाट्यशाला के विशाल प्रांगण में सैकड़ों की संख्या में शिलाओं पर उकेरी प्राचीन मूर्तियाँ पंक्तिबद्ध रक्खी हुई थीं जिनके रचयिताओं का कोई अता-पता नहीं, जिनका रंगरूप मौसमों की मार ने बिगाड़ दिया था। किसी के पास कुछ कहने को नहीं था। सब चुपचाप स्तब्ध से भारत की इस विपुल सम्पदा को देख रहे थे, यादगार के तौर पर फोटो ले रहे थे।

दूसरे दिन यह टोली वशिष्ट मन्दिर गई। यह स्थान नग्गर कैसल होटल से सीधी खड़ी चढ़ाई चढ़ने के बाद देखने को मिलता है। उस दिन मन्दिर में कोई उत्सव था। यहाँ भी इन्होंने गर्म पानी का बड़ा-सा कुण्ड देखा। पुजारी ने बताया कि आज के दिन गुरु वशिष्ठ को मिलने बहुत सारे देवता आते हैं। इस कुण्ड में स्नान करने के बाद ही वे मन्दिर जा पाते हैं।

मन्दिर में बहुत भीड़ थी। छोटे से प्रांगण में चार देवताओं की पालकियाँ उठाए बहुत से लोगों के आने से भीड़ हो गई थी, फिर भी इन लोगों को मूर्ति के दर्शन करने का अवसर मिल गया। मिलने आए

देवताओं ने गुरु वशिष्ठ की आरती उतारी और एक-एक करके सिर झुकाकर बाहर निकल गए। तभी ये यात्रीदल मन्दिर की चौखट तक जा सका।

धवल श्वेत पत्थर की सुन्दर मूर्ति गुरु वशिष्ठ की विशिष्टता दर्शा रही थी। वहाँ से बाहर आकर इन लोगों ने एक छोटे-से ढाबे में खाना खाया, क्योंकि बच्चे भूख-भूख चिल्लाने लगे थे। इन्हें जल्दी भी नहीं थी। होटल ही तो जाना था। रात को राजन ने अनिल से पूछा, "चालक महोदय! और क्या रह गया है देखने को?" तो अनिल हँसने लगा।

"सर! बहुत कुछ है। यहाँ से थोड़ी ही दूर बंजार नाम का कस्बा है, जहाँ श्रृंगी ऋषि का प्रसिद्ध मंदिर है जिन्होंने राजा दशरथ का पुत्रेष्ठि यज्ञ करवाया था। इन्हीं ऋषि की याद में यहाँ हर साल मई के महीने में एक उत्सव होता है। वहाँ भी ठहरने के लिए पी.डब्ल्यू.डी का रेस्ट हाउस है। कुछ दूरी पर ही जलोरी पास है जो बन्जार से सिर्फ 19 किलोमीटर दूर है जहाँ गर्मियों में भी बर्फ रहती है। यहाँ से कुछ दूरी पर सिरयोलसर नाम की बेहद सुन्दर झील है। यहाँ एक और अजीब चीज है और वो है आभी नाम की एक छोटी-सी चिड़िया। आपको हैरानी होगी कि जंगलों से घिरी इस झील में यह चिड़िया एक पत्ता भी नहीं गिरने देती। गिरते पत्तों को रास्ते ही में पकड़कर दूर फेंक देती है। लाल रंग की इस चिड़िया की आवाज बहुत तेज होती है। खतरा देखते ही चिल्लाना शुरू कर देती है जिससे सारे जंगली जीव चौकन्ने हो जाते हैं।"

"और....?"

"और तो अभी आपने कांगड़ा वैली को छुआ ही नहीं है। भाखड़ा नहीं देख पाएंगे। कांगड़ा के पुराने किले जो एक भूकम्प से खण्डहर हो गए हैं, कभी बहुत मशहूर थे।"

"हाँ! कांगड़ा भी महाभारत से जुड़ा है। इसका पुराना नाम त्रिगर्त के अलावा नगरकोट भी रहा है। 1620 में इसे मुगल राज्य में मिला लिया गया। उसके बाद ही काँगड़ा की स्थानीय राजपूत शैली और मुगल शैली से मिश्रित चित्रकारी की शैली विकसित हुई। 1785 ईसवीं के पश्चात् संसारचंद व रणजीत सिंह का भी काँगड़ा पर अधिकार रहा।" कनू का इतिहास ज्ञान बोलने लगा।

"बिलासपुर, जो असल में व्यासपुर था। उसके आस-पास भी किले हैं।" अनिल ने कहा तो उर्मिला बोली, "बात तो तुम्हारी ठीक है पर अब हमारे पास समय ही कहाँ बचा है? हमें जाने की तैयारी भी तो करनी है।"

"कुछ और खरीदने को तो नहीं रह गया?" राजन ने चुटकी ली तो दोनों महिलाएँ एक-दूसरे को देख कर हँस पड़ीं, "बचे हुए पैसे बता दो तो आप लोगों की यह हसरत भी पूरी कर दी जाए।" कनू ने जवाब दिया।

फिर ये सब हँसते-बतियाते नग्गर कैसल लौट आए।

भुन्तर हवाई अड्डे पर पहुँचने से पहले ही अनिल का हिसाब कर दिया गया था। पर यहाँ सब लोगों को उतारकर अनिल का मन बहुत भारी हो रहा था। उसने अमृता को गोद में उठाकर प्यार किया, सृजन और सभी बच्चों से मिलकर उसकी आँखें डबडबा आईं। दोनों स्त्रियाँ भी भावुक हो गईं। तब राजन ने उसकी पीठ थपथपाते हुए कहा, "हम हमेशा तुम्हें याद रखेंगे। बहुत अच्छा साथ दिया तुमने और तुमसे हमारे बच्चे भी खूब घुलमिल गए थे।"

"मैं फोन करूँ मैडम जी? आप लोग बुरा तो नहीं मानेंगे?"

"अरे नहीं-नहीं। बुरा क्यों मानेंगे भला? जरूर करना फोन, बच्चे भी तुम्हें मिस करेंगे।" उर्मिला ने कहा, "जाओ अब तुम। हमें अन्दर चैकिंग भी करानी है सामान की। समय कम रह गया है।" सब ने अपने-अपने हिसाब से छोटा-बड़ा सामान उठा लिया तो अनिल भारी मन से सूमों में बैठकर उनकी नजरों से ओझल हो गया।

■ ■ ■

www.ingramcontent.com/pod-product-compliance
Lightning Source LLC
LaVergne TN
LVHW050951051026
849532LV00005B/1792
* 9 7 8 8 1 9 4 8 1 9 0 8 0 *